Emmanuelle Lambert

O garoto do meu pai

TRADUÇÃO
Adriana Lisboa

autêntica contemporânea

Copyright © 2021 Éditions Stock
Copyright desta edição © 2023 Autêntica Contemporânea

Título original: *Le garçon de mon père*

Todos os direitos reservados pela Autêntica Editora Ltda. Nenhuma parte desta publicação poderá ser reproduzida, seja por meios mecânicos, eletrônicos, seja via cópia xerográfica, sem a autorização prévia da Editora.

EDITORAS RESPONSÁVEIS
Ana Elisa Ribeiro
Rafaela Lamas

PREPARAÇÃO
Sonia Junqueira

REVISÃO
Marina Guedes

CAPA E ILUSTRAÇÃO DE CAPA
Alles blau

FOTOGRAFIA DA PÁGINA 1
Arquivo pessoal da autora

DIAGRAMAÇÃO
Guilherme Fagundes
Waldênia Alvarenga

**Dados Internacionais de Catalogação na Publicação (CIP)
(Câmara Brasileira do Livro, SP, Brasil)**

Lambert, Emmanuelle
  O garoto do meu pai / Emmanuelle Lambert ; tradução Adriana Lisboa. -- 1. ed. -- Belo Horizonte : Autêntica Contemporânea, 2023.

  Título original: Le garçon de mon père
  ISBN 978-65-5928-293-7

  1. Memórias autobiográficas I. Título.

23-157070   CDD-920

Índice para catálogo sistemático:
1. Memórias autobiográficas 920

Eliane de Freitas Leite - Bibliotecária - CRB 8/8415

A **AUTÊNTICA CONTEMPORÂNEA** É UMA EDITORA DO **GRUPO AUTÊNTICA**

Belo Horizonte
Rua Carlos Turner, 420
Silveira . 31140-520
Belo Horizonte . MG
Tel.: (55 31) 3465 4500

São Paulo
Av. Paulista, 2.073 . Conjunto Nacional
Horsa I . Sala 309 . Bela Vista
01311-940 . São Paulo . SP
Tel.: (55 11) 3034 4468

www.grupoautentica.com.br
SAC: atendimentoleitor@grupoautentica.com.br

Meu pai e eu não aceitamos a piedade.
Nossa compleição a recusa.
Colette, *Sido*

À minha mãe
À minha irmã

DOMINGO

Eu conhecia o trajeto. No alto da escada, marcar um tempo de pausa. Escutar o murmúrio das cidades burguesas. Esquecer o estertor do metrô, essa besta agonizante cuja degradação acompanha a queda dos seres que, cada vez mais afundados na miséria, povoam cada vez mais seus corredores, cada vez por mais tempo. Então, entrar num território em que a luz do dia envelopa uma forma de vida positiva, feliz com seu próprio conforto. Eu estaria triste, e cansada, e amedrontada; no entanto, seguiria rumo à clareza.

Mais uma vez, passaria a tarde num quarto com paredes em tons pastel. Buscaria ali seu calor, virada para ele como a gente se expõe à lareira, aproximando as mãos até sua cor mudar. A cada visita ele tinha menos energia, mas eu ia embora levando alguma coisa. Uma brincadeira, um olhar, um resto de sua presença. Pedaços do passado.

Nove meses antes, ele tinha sido admitido na emergência mais próxima da sua casa, no hospital militar de Saint-Mandé. Primeiro eu ri, imaginando-o nas mãos de médicos de patente, matrícula errática em meio a pacientes marciais. Imaginei-o como último recruta de uma soldadesca estropiada, solidária e entusiasta de anedotas virilmente demonstrativas.

Ele me parecia completamente deslocado, ainda que sempre tivesse defendido a manutenção do serviço militar sob o pretexto de que "para fazer a revolução é preciso saber manejar as armas". Nesse quesito, sua única façanha tinha sido a obtenção de um brevê de socorrista, que, no entanto, era inútil sempre que alguma coisa acontecia conosco. Se estávamos machucadas ou doentes, ele quase desmaiava, isso quando não desaparecia depois de ter batido a porta, titubeante. Um dia, tendo passado involuntariamente sobre um gatinho que deslizara entre a roda e o para-lama do seu carro, ele fora tomado por vômitos e diarreias, do mesmo modo como acontecera quando, aos dezoito meses, eu por pouco não me afoguei quando estava sob seus cuidados no lago do Parc des Buttes-Chaumont. E quando, no acaso das alianças familiares, havia sido convidado a uma caça ao javali, ele voltara verde do momento da repartição da presa com os cachorros, de onde o haviam levado embora com medo de que desmaiasse. Ele tinha, obviamente, mais a ver com o animal de entranhas fumegantes do que com seus carrascos. Esse teatro do medo era a pantomima inversa da sua coragem face à dor. Seria possível dizer que ele só conseguia reagir à fraqueza dos outros. Sorte sua, então, que jamais tivesse tido que pegar em armas para fazer sua parte na revolução. Essa hipersensibilidade oposta a seus princípios brutais o teria, sem dúvida, incapacitado.

À tarde, eu tinha lhe telefonado para saber notícias e, enquanto isso, debochar um pouco dele, nu em pelo em meio àqueles homens do dever, do perigo e das armas. Ainda estávamos no telefone quando lhe anunciaram o resultado dos exames. O palavrão, a palavra afetada, a praga e a maldição comuns, a palavra câncer havia sido pronunciada. Corri para vê-lo. Ele estava agitado. Acalmou-se. E adormeceu.

No leito ao lado, um homem idoso se entediava muito; não conseguia urinar, virava de um lado para o outro. A blusinha mal fechada nas costas desvelava a cada movimento a carne cansada de suas nádegas marmorizadas. Militar reformado, ele por pouco não morrera muito jovem num acidente de carro, e levava sua condição com muita calma. Já havia ultrapassado o pudor.

Sua sesta compartilhada me evocara um miniberçário que eu estaria vigiando. No fim do dia, o militar rompera o silêncio do quarto com um tonitruante "Vitória!", brandindo para minha apreciação o papagaio cheio. Tive então a impressão de pertencer a uma coorte de caras velhos no fim de carreira e que me tratavam como um deles.

Ao cabo de uma dezena de dias em que cada um dos seus órgãos digestivos tinha sido vasculhado, fez-se um diagnóstico preciso. Câncer da ampola hepatopancreática, um troço na cabeça do pâncreas. No dia seguinte, ele quase morreu de uma infecção. Chamamos então um dos seus amigos mais antigos, um médico.

Eles haviam passado seus vinte anos jogando cartas, pôquer, tarô, bridge, num halo de fumaça de cigarro e de outras coisas, ganhando dinheiro facilmente. Teria sido por causa de uma dessas apostas que ele uma vez vendeu o carro velho do seu pai? Vejo este último, de boa índole, lembrando-se disso, o corpo encolhido pela velhice, e se sacudindo de rir, "Ele vendeu meu carro! Imagine só!".

O grupo deles, uns cê-dê-efes em matemática rodopiando em torno da faculdade de ciências de Jussieu, em Paris, se dispersou com a idade. Ele se acoplou ao reboque da revolução informática, deslocando-se sobre um tabuleiro de xadrez social que ainda tolerava a aparição dos desertores de classe, aqueles que escapavam ao seu destino graças a uma combinação de acaso, perseverança e desejo, carregados pelos serviços públicos, pela proteção salarial e pela promessa do pleno emprego. A liga desses materiais tem por produto um dos componentes do êxito, a que habitualmente chamamos audácia. Ele pôde, assim, fazer carreira aprendendo com a prática, sem fortuna, sem conexões, sem qualquer conhecimento dos códigos sociais, mas com uma plasticidade mental e uma inteligência tática, em parte adquiridas durante seus anos de jogo e cem por cento dispostas a agarrar pelo pescoço a oportunidade que lhe sorrira.

Seu amigo mais próximo tornou-se um figurão na pesquisa sobre inteligência artificial. Quando ele vinha nos ver, em nosso jardinzinho de subúrbio, os galhos curvos da cerejeira obrigavam-no a se abaixar para chegar a nós. Grande e musculoso, ele avançava por entre as flores brancas. Em minha lembrança, seus lábios não sorriem. Ele tinha o dom de derrubar, com sua mera presença, os seres comuns – nós – que contemplavam seu andar balançado. Aproximava-se, eu apertava o corpo junto às pernas da minha mãe ou ia me sentar no canto de terra com as duas velhas tartarugas, proprietárias do jardim antes de nós. Elas vinham me cumprimentar com afabilidade.

Um dia o amigo decretou que ia matá-lo. Ele, que saía de qualquer dificuldade com uma pirueta ou uma provocação (entre as inúmeras máximas que adorava proferir, indicador no ar, "O que não tem remédio remediado está" era uma das suas preferidas) ficou sem resposta. A psicose acabava de lhe jogar quilos de realidade na cara. Alguns anos mais tarde, o amigo morreria de um AVC, o que ele me anunciaria com uma expressão cheia de sabedoria popular, que dizia, em resumo: É, sem dúvida, melhor assim. O terceiro e último membro do seu grupo de garotos era, então, médico, especialista em clínica médica. Atendia no Hospital Americano de Neuilly-sur-Seine. A ideia de mandá-lo para lá me tranquilizava; mesmo que não houvesse, ali, mais chances de curá-lo, pelo menos tudo seria mais confortável. Além disso, eu tinha confiança nos vinte anos deles e pensava que sua história comum, a da turma de 1968 que se tornara velha, sábia e acomodada após uma juventude desregrada, humanizaria seu "prontuário do paciente", lançando um pouco de frescor sobre o calvário que ele estava prestes a percorrer. A irrupção da lembrança dos dois jovens nesse universo de protocolos, de máquinas e de profilaxia era como a bruma de humanidade vaporizada sobre a medicina. Talvez esta última fosse acolher, sob os neons anônimos, um pouco de afeto na mecânica do cuidado. Se o amigo atendesse em outro lugar, eu desejaria que ele se transferisse para lá, onde quer que fosse.

Mas era no Hospital Americano de Neuilly-sur-Seine, o hospital dos ricos: fora de questão. Ele queria ser tratado como todo mundo.

Sobre o amontoado de pele cansada, sobre o rosto fatigado de suportar a carcaça e as renúncias do envelhecimento, passou então uma sombra, uma lembrança dos seus primeiros anos de vida. Um pedacinho da criança que ele havia sido, triste, solitária e sem dinheiro, estava preso em suas entranhas.

Há alguns anos, ainda era possível divisar o fantasma agachado no fundo de um apartamento dilapidado, em

Issy-les-Moulineaux, nas portas de Paris. Ele desapareceu, o imóvel tendo sido demolido pela prefeitura por causa da insalubridade, e junto com ele o pátio magro e os colchões de palha onde trepava uma vegetação selvagem, sobretudo ervas daninhas. Nesse buraco em meio aos velhos prédios do bairro operário, o cascalho arranha. As crianças encontram ali o que precisam para compor um jardim, um matinho aqui, bambu ali, três flores, coleópteros, minhocas e a janela do andar de cima, onde às vezes um adulto aparece com o rádio ao fundo.

Nos anos 1950, ele usa calças curtas, meias até os joelhos. Sua franja foi cortada por uma mão inábil. Corre atrás dos mais velhos, o irmão, a irmã de tez mate e cabelos crespos, secos e nervosos. Ele, ingênuo e afável, é alto. Espessa, leitosa, a expressão do seu rosto é gentil e desorientada. Tem um sorriso vago nos lábios. A irmã caminha sobre as mãos. É um clarão que passa. Magra, ela lança um breve olhar ao pequeno deixado num canto. Ele remexe na terra. Espera pela mãe. Espera sempre pela mãe, com as minhocas e o cascalho, soprando seu trompete a plenos pulmões ou quando, na escola, parabenizam-no por ser tão brilhante – seu cérebro compreende as cifras antes mesmo que ele próprio as compreenda. Os parabéns serão para a mãe, como as minhocas, o trompete, as horas vividas sem ela, todos os tesouros do pátio reunidos nas mãos gordas e redondas quando ela vier vê-lo. O que ela faz, às vezes.

Na ocasião das festas de família, anos mais tarde, nós nos reencontrávamos, minhas primas e eu, amontoadas no pátio abaixo do apartamento. Cantos, melodias de violino, o rumor confuso de altercações adultas e alcoolizadas deslizavam pela parede, transpirando pelas frestas do prédio onde enxameavam policiais. Modesto, o apartamento possuía uma única pia, onde se lavava a louça e o corpo, com água fria. Meu avô estava satisfeito ali. Lamentou que a prefeitura tenha acabado expulsando-o para abrigá-lo numa habitação popular sem alma, que ainda por cima fica no alto de um morro.

Eu nunca soube como aquele filho de sapateiro e também acendedor de lampiões, nascido em Nantes em 1911, teve acesso à música. Seja como for, ele acabou estudando violino. Praticava também o trapézio voador, do qual falava com uma fúria intacta apesar da velhice, desenterrando fotografias em que, glorioso, posava de malha e meia-calça. O peso inexplicavelmente romântico desse detalhe biográfico ainda hoje me encanta. Depois de alguns anos dando aulas e tocando em cinemas, meu avô conseguiu um emprego com os Irmãos Lassalistas, e aquele apartamento miserável era, sem dúvida, o melhor que seu salário como professor da banda de metais no pensionato Saint-Nicolas podia oferecer à sua família. Ele passava, de todo modo, a maior parte do tempo na rua. Caminhar por Paris, correr por teatros de ópera e salas de concerto em busca dos assentos mais baratos, os lá de cima, rodopiar de beleza em beleza, voltear nas alturas como nos tempos do trapézio, até que um dia seu velho coração o abandonasse; essa devoração da música, na qual envolvia seus filhos, terá ocupado a maior parte de sua vida.

As histórias desse homenzinho afetuoso e falante eram todas envoltas por uma alegria eterna. Assim, ele evocava Josephine Baker, cujos filhos tinham sido seus alunos, corando com uma exclamação enérgica ("Ah, mas que mulher bonita!"), e recordava com orgulho que sua namorada havia sido uma das rainhas da beleza da revista *Cinémonde*. Ele ainda conseguiu contar em meio ao riso o dia em que sua esposa o abandonou, deixando apenas uma mesa ("Ela desatarraxou as lâmpadas!") e um bilhete manuscrito. Mas as histórias de seu filho diziam algo bem diferente. Transpiravam a solidão de uma criança que cresceu sem mãe e a dolorosa consciência da diferença social quando o mandaram para outra escola do grupo dos irmãos das escolas cristãs, os Francs-Bourgeois de Paris. Ele era, ali, a boa obra brilhante e perdida entre os garotos ricos. Diz-se que certas pessoas carregam o embrião morto de seu irmão gêmeo no corpo, em lugares incongruentes. Parece-me que, para alguns, a infância infeliz gruda no corpo como o embrião morto ao seu duplo.

À luz fraca do hospital militar, voltei à ofensiva, lembrando-o do número de pessoas que gostariam de ter meios para se proporcionarem o hospital dos ricos. Minha moral o deixou furioso. O próspero aposentado e o menino pobre travavam uma luta que me parecia deslocada, se não ridícula, quando um inimigo comum tão apavorante os atacava. Tentei em seguida a hipocrisia, a proximidade do velho camarada ia nos tranquilizar, à sua esposa, à minha irmã e a mim, faria bem a nós três. Não, a resposta ainda era não. Acabei olhando o menino de 72 anos bem nos olhos para lhe dizer a verdade: tudo bem ele ter seus caprichos, era isso o que íamos fazer.

Naquele domingo, os movimentos de rebelião e a enérgica insolência haviam desaparecido, assim como a questão do hospital. Fazia muito tempo que esta última já não se colocava, desde que se iniciara aquele tempo suspenso, como que extensível, no qual se desliza do desânimo à renovação, do esgotamento à esperança, uma espécie de dança precária que sempre passa pela etapa do hospital, para se curar ou morrer ali. Eu percorria as mesmas calçadas, nas mesmas cidades, sempre com a mesma esperança de que as coisas ainda aguentassem um pouco mais em equilíbrio.

Quando cheguei ao quarto, depois de passar, no elevador, pelos galanteios de dois homens que achavam que eu era funcionária (aparentemente isso significava que eu deveria me submeter às suas brincadeiras), ele estava sentado na cama. Interroguei a esposa com um rápido olhar, ela fez um movimento quase imperceptível. Significava: Mais tarde. Diante deles, encostado na parede, braços cruzados e jaleco entreaberto sobre uma camisa xadrez, o olhar suave emoldurado por pequenos óculos de aro, estava o médico a quem o amigo, vencido pelo limite de idade, havia finalmente passado o bastão.

Ele assentia olhando para as próprias coxas, que por reflexo eu também fitei. Das duas pernas grossas e sem pelos, atrás das quais, adolescente, eu me extenuava em caminhadas que na maioria das vezes terminavam em desmaios por falta d'água ou de açúcar, das pernas grossas firmemente plantadas na areia quando, inteiramente nu, ele tratava de expor sua pessoa ao sol e seu pênis à praia, provocando na criança que eu era uma vergonha universal, não sobrava muito.

Pensei em nossa primeira cadela, que, no final da vida, já não tinha mais musculatura. Ela se dissolvera de exaustão, sua respiração exangue lutando para absorver o ar, o que a fazia ofegar a cada três passos.

"Esquecemos com facilidade que, em média, morremos sete vezes mais lentamente do que nossos cachorros." Assim começa *The Road Home* [A estrada para casa], o romance de Jim Harrison. Li esse livro várias vezes com uma admiração sempre renovada, especialmente a primeira parte, o diário do avô. Essas linhas me lembravam o livro de outro escritor estadunidense, John Fante. Foi ele quem me levou a descobrir Fante e me apresentou a coletânea *A oeste de Roma*, cuja novela "Meu cão estúpido" me parecia ter sido escrita antecipadamente, numa espécie de premonição poética gratuita, como se o autor, desde os anos 1960, tivesse tido o cuidado de descrever somente para nós o que causaria em nossa família a irrupção de um ser vivo extraordinário, nosso cachorro.

Nas ruas de paralelepípedos desencontrados, minha irmã e eu andamos com passos instáveis. Os dedos que saem de nossas sandálias às vezes batem nas pedrinhas opacas do Ródano, com suas bordas irregulares, de cor marrom, amarela desbotada e preta aqui e ali. Mais parecem batatas fossilizadas. Elas sorriem para nós.

Temos talvez três e dez anos, morremos de tédio no mercado das pulgas, para onde nossos pais nos arrastaram, indiferentes aos montes de louças, cafeteiras de estanho, panelas de cobre, copos diversos e velhos brinquedos incompletos. Parecem os que a mãe da minha mãe compra para consertar, em memória dos que não teve, como se pudesse recolher a criança órfã e abandonada que foi e oferecer bonecos abandonados à sua própria memória.

Os toca-discos que conheci quando criança já se juntaram aos contingentes de objetos esquecidos. Seu plástico laranja repousa, inerte, junto com os ursinhos de lá e os carrinhos de bebê. No fundo do mercado, forma-se uma multidão, vozes, estou com a mão na de minha mãe e sinto no estômago uma bola de energia. Minha paciência finalmente será recompensada; numa caixa de papelão para mudanças, seis filhotes dão latidinhos e se inquietam. São para doação.

Sob o sol do meio-dia, instalado numa das bermudas coloridas que adorava, ele tenta bater em retirada, como se ainda houvesse tempo. Como se não tivéssemos visto as seis bolotas enlouquecidas esperando por nós em sua caixa gratuita. Ele vira as costas aos sons molhados emitidos pelos filhotes. O peso de duas mininhas, penduradas em cada um de seus antebraços, deixando-se arrastar como pilhas de roupas, o atravanca, ele dá uma olhada. Faz o sermão. "Vocês vão cuidar, um animal é uma responsabilidade, eu é que não quero." No caminho de volta para casa, continua resmungando atrás do volante, a voz abafada pelos ganidos agudos do corpo minúsculo que foi colocado numa caixa de sapatos.

Miserável, o animal tem as patas trêmulas, gira sobre o próprio corpo, mordisca as bordas da caixa, guinchando com um barulho que vem de sua barriga. Está tão cheio de vermes que eles saltam da caixa, fazem-nos gritar, saltamos também, nossa alegria assustada e estridente é uma das emoções mais puras da minha vida. Entre dois gritos o cachorro nos olha com seus olhos noturnos arregalados de excitação. Seu porte saca-rolhesco promete um vago teckel na idade adulta, um daqueles cachorrinhos em cujas costas as pessoas colocam um casaco no inverno. A criatura se tornou, no entanto, um animal grande, gordo e aterrorizante. Diante da incapacidade do adestrador profissional em domesticá-lo, o veterinário suspirou. Sorte dele que o cachorro não era agressivo, caso contrário, com aquela mandíbula, teria lhe dado uma mordida.

Estava escrito. O cachorro, ao qual ele não havia concedido uma olhada, continuaria assediando-o até ser adotado, para sempre. Lembro-me daquele imenso viralata abrindo caminho em seu colo. Metamorfoseava-se na encarnação da maleabilidade e da densidade combinadas para obter o equilíbrio precário, que o esgotaria, graças ao qual conseguia alojar sua carne colossal na largura das coxas do seu dono, no calor do sofá, quando assistia a não sei que programa de televisão nas noites de sábado, a série *Dallas*, talvez. A cabeça no colo da minha mãe, eu lutava contra um sono que sempre acabava chegando rápido demais, privando-me das reviravoltas esperadas na vida daquelas pessoas com penteados extraordinários e consumo excessivo de álcool. O cachorro também fechava um olho e, como eu, acordava ao perceber o movimento dos pais em vias de se levantar para ir se deitar e se separar de nós. Então ele pulava do sofá. O apoio das patas traseiras, com garras compridas, na carne de suas coxas fazia seu dono praguejar, com frequência de modo blasfemo. Uma curiosidade: o único animal que vi se comportar dessa maneira foi a cabra de uma de minhas primas, que subia sobre seus joelhos, as pernas de pau e os cascos ásperos negando sua rigidez para conduzir seu corpo às proporções exigidas pela situação. Morremos em média sete vezes mais devagar que nossos cães; amamos com menos intensidade.

Cumprimentei o dr. K. e fechei a porta. A esposa explicou que eles haviam falado de um novo tratamento, um pouco experimental, e que começariam no dia seguinte. Como ele já quase não conseguia se comunicar, procurei seu olhar. Ele estava ocupado agarrando a pele das coxas com as mãos emagrecidas. Fazia isso com lentidão, como se tivesse descoberto a própria carne, com o olhar terno que os míopes têm quando tiram os óculos. Uma forma de resignação marcava seus movimentos, os acenos de cabeça, o jeito de cruzar as mãos, a dobra dos lábios, a pontuação de nossas palavras por ruídos da garganta.

Minha irmã e eu tivemos então a ideia de levar sua cadela até ele. Ficamos os três no quarto, esperando em silêncio a chegada do animal que a esposa foi buscar de carro. Foi necessário sair para ver o bicho, que não podia entrar no hospital. Levantar sua carcaça que, embora emaciada, ainda pesava muito. Cinco quilos ao nascer, esqueleto grande, um bezerrinho de verdade. Colocá-lo na cadeira de rodas. Elevador, corredores, estacionamento. Diante dos carros e da tristeza dos bancos, decretei que iríamos passear – ele assentiu. Sim.

Seguro a cadeira, sob a ameaça constante de rolar encosta abaixo, mas, no ponto em que estamos, um escorregão não é tão grave. Seguimos. "O que é que você está fazendo? Mas você é muito desajeitada, assim não dá. Vamos em frente, caramba (movimento da bengala). Mas não adianta ter medo, quando a gente está no topo da pista só é possível chegar lá embaixo (risos, silêncio). Mas não, não é muito difícil a pista preta, caramba. (Silêncio.) Escuta, sua pateta, vamos lá, hein, você tem onze anos minha cara, tem que se virar agora. Vamos, te espero lá embaixo. Quando a gente está no alto, o que mais pode fazer além de descer? Você não vai ficar aí, vai? Vamos lá, não tem outra opção a não ser chegar lá embaixo!"

Ele havia perseguido sua ascensão social. Mais peso na hierarquia, mais dinheiro: um novo tipo de férias nos foi oferecido. Ao mesmo tempo, isso lhe abriu as portas para um parque de diversões à altura de sua extravagância corporal, alimentada por velocidade, peso e adrenalina. Pouco importava que na juventude ele tivesse quebrado uma tíbia, certa vez, quando parasitava o chalé da família de não sei qual namorada, nada lhe impediria essa devoração. Além disso, não era o único, entre a classe média dos anos 1980, a mudar do esqui para o squash, do windsurfe para o jogging, das caminhadas para o motociclismo, e aos domingos ele me plantava na frente da televisão para acompanhá-lo nos movimentos de ginástica de duas belas mulheres, Véronique e Davina, aliás (e talvez acima de tudo) perfeitamente nuas nos créditos de seu programa. Ele praticava todos esses esportes com uma arte pessoal que se sustentava num princípio: quando não se tem técnica, ganha-se pela força.

Ele desce a encosta coberta de gelo, ganha velocidade, arrastado e ultrapassado por seu corpo já pesado demais. Tem quarenta anos. Grita insultos às pessoas que ficaram no meio, caídas na neve, incapazes de se levantarem. Por pouco não caindo a cada curva, ele se afasta e, confete agitado, desaparece atrás da parede de gelo. No alto da pista, uma senhora se surpreende ao encontrar uma garotinha sozinha no frio, enfrentando a inclinação devoradora da encosta. Desço de nádegas. Tenho medo, mas só o que pode me acontecer é chegar lá embaixo. Além do mais, o que é que você pensa. Também somos bons. Também somos tão bons quanto você, tão fortes, tão eficientes. Vamos provar isso engolindo a pista preta com a maior facilidade. Com elegância. A inclinação da pista, a inclinação do estacionamento, a missão. Tomar sol. Dar uma volta com a cadela. Dar uma volta.

Caminhamos pelo terreno do hospital, sob os raios filtrados pelos plátanos. Nosso ritmo foi interrompido pelas paradas da cadela, cuja guia ele queria segurar com a ponta dos dedos. Debruçada sobre a cadeira de rodas, eu observava o alto do seu crânio ligeiramente ovoide e os cabelos curtos, que a quimioterapia havia afinado, hirtos como grama cortada que começa a crescer. Ele sempre penteara o cabelo com um acessório cujo nome tenho dificuldade de lembrar, uma espécie de disco de plástico, cheio de pontas e colorido, dotado de um cabo que ele segurava para raspar o crânio com força. Isso se devia, dizia ele, à natureza crespa de seus cabelos, que com o tempo foram ficando mais para cacheados, como se amaciados pela idade. Uma pesquisa rápida me diz que é um "pente redondo". Sempre o tomei por um dos utensílios que usávamos para escovar o cachorro, que estremecia de satisfação quando arrancávamos tufos de pelos de sua coluna vertebral, ao ponto de dar ganidos.

Quanto à sua cadela, ela não faz barulho. Anda devagar, mal puxa a guia, às vezes rola, o que faz brilhar seu pelo castanho bem tratado. Essa fêmea plácida, que suspeito estar levemente deprimida, é exatamente o oposto do vira-lata incontrolável da minha infância, que pulava da janela para cruzar com todas as cadelas do bairro. Ele também pesado como um asno, tão grande que nenhuma coleira conseguia segurá-lo, e haviam passado uma corda grossa em torno do seu pescoço.

Com frequência levo minha irmã, o cachorro e a corda para passearem aos domingos; o cachorro é tão impressionante que os pais nos deixam sair sozinhas. Ao chegar à praça, desenrolo completamente a corda e me posiciono na ponta, plantada nos patins. Presilha de corações no cabelo, Magali tem o nariz arranhado, nessa idade vive caindo para a frente, não sabemos por quê, suas meias finas têm furinhos, e a emoção do momento enlaçou suas mãos redondas onde, além disso, as covinhas controlam a articulação. Ela sorri em antecipação, o corpo atarracado concentrando sua energia. Um último olhar e o cocheiro açoita, o cachorro sai correndo, a massa de músculos esfumada pela velocidade me leva atrás de si. Sob o olhar alargado de nossa espectadora sentada no asfalto, no meio-fio da praça, giramos em círculos, o cachorro e eu, até o infinito. Minhas pernas estão dobradas para não cair, minhas mãos estão queimando, arranhadas pela corda, e meus braços moles se estendem para absorver a força do animal. Nada de capacete, nada de joelheiras, se eu caio ele para, vem circular ao meu redor, lá vamos nós de novo, ele com a baba na cara, eu com machucados nas pernas, e a garotinha ainda assustada que nos observa, soltando gritos estridentes, com as bochechas rosadas de prazer. Agora que sinto novamente o atrito da corda em minhas mãos, posso vê-la parada no meio-fio, observando o monstro de duas cabeças dando voltas, ao som de rodas de borracha deslizando no novo calçamento da praça, ali, no alto, na direção do estádio.

Ao agarrar a cadeira onde repousava o velho bezerrinho, a força da natureza compacta, para fazê-lo deslizar pela ladeira do estacionamento, encontrei o olhar de Magali. Tinha sua antiga timidez. Ganhei velocidade, sussurrando para a sombra emaciada na ponta dos meus braços: "Afinal, só o que pode acontecer é a gente chegar lá embaixo".

De volta à entrada do hospital, sentamo-nos num banco. A cadeira de rodas está voltada para a cadela, que se estendeu aos seus pés. Ele se esforça para se abaixar e acariciá-la, a esposa tenta erguer o animal, impossível. A cadela recusa. Está ruminando sua tristeza, encostada no pé da cadeira, erguendo os olhos para uma ou outra de nós três. Às vezes ele olha para nós, às vezes olha para a cadela, para um pedaço de nuvem. Diz: "Não quero visitas", a esposa articula algo, compreendemos que fulano e fulana devem vir. Ele abaixa a cabeça, "Eu não quero receber visitas".

As visitas chegam. Magali e eu ficamos em silêncio. Depois de alguns minutos eu digo, devagar, para uma mulher de feições grossas que não conheço, mas que tentou me beijar, que ele não quer visitas. O que desencadeia uma enxurrada de palavras informes. Eu insisto. Ele não quer visitas.

Não sei se foi cruel lembrar-lhe isso, dizê-lo, diante dele e diante de sua esposa chorosa e exausta, a essa amiga que era, contudo, bem-intencionada e cujo senso de adequação era inversamente proporcional à sua emotividade. Talvez. Olhando para trás, eu gostaria de ter sido ainda mais cruel, se pudesse, gostaria de humilhá-la, de mandá-la de volta para o nada de inutilidade de onde ela havia saído, gostaria de ser injusta, dura, deslocada na minha violência, gostaria de agredi-la com a minha inquietação e o meu desalento, com a minha tristeza ao ver as pernas esqueléticas, o jogging e os dedos que não conseguiam tocar na pelagem da cadela, as pantufas. Gostaria de dizer a ela que era impossível que ela estivesse viva quando ele desaparecia gradualmente. Acredito, no entanto, que ele estava feliz em ver seu amigo, um grego caloroso que nada disfarçava e cuja energia sólida me parecia doce. Foi ele quem o levou de volta ao quarto.

Magali e eu levamos a cadela para casa. Como antes, quando voltávamos de nossas aventuras com os patins, o vira-lata ofegante na ponta de sua corda. O animal de ar resignado deitou-se no banco de trás do táxi, numa grande mala aberta que lhe permitia nos ver. Nós a deixamos com os amigos que estavam cuidando dela e voltamos a pé, passando pelo bosque de Vincennes. Sentadas num banco, olhávamos a luz do fim do dia, algumas folhas mortas nas pontas dos sapatos. A agitação dos últimos caminhantes rumorejava atrás de nós.

Irmã mais nova, irmã mais velha, na nossa idade e num banco, revivíamos as tardes de domingo da nossa infância. O regresso lento para adiar as tarefas. A presença do cachorro, o cansaço do fim do dia e a apreensão da semana que vai começar abolindo o prazer e a fúria das corridas livres atrás da túnica fumegante do cachorro, evitando sua baba e escutando-o rugir ao respirar.

De costas para o parque, aliviadas por ter deixado correr o dia no hospital e por ter cumprido a missão de cuidar da cadela, negligenciamos o que nos recusamos pura e simplesmente a saber. Esse domingo seria o último que passaríamos temendo a chegada da segunda-feira com um sentimento ainda infantil no estômago, mole como um caranguejinho e que qualquer adulto que tenha em si a sensação de tempo perdido ainda conhece. Sente-o em sua carne atravessada pelos finais do dia e as noites opacas. A refeição apressada, o dever de casa, o noticiário da TV. O barulho da chuva nas janelas. Acabaram a apreensão diante do amanhã e a monotonia passadas no calor do tempo que se estende. O domingo ia perder seu algodão de tédio misturado com empolgação, revestindo a atividade principal das crianças, a espera.

Vendo os raios do entardecer atravessarem os cabelos da minha irmã, eu calava o que preferia ignorar e o que a pele das coxas, o olhar resignado, a falta de apetite, a cadeira de rodas e os lábios cerrados me tinham dito. Rumávamos para o fim.

Ainda lhe restavam cinco dias. Tínhamos cinco dias para passar com ele no vigor do presente. No final de tudo, ele iria embora com o vento. As folhas, o cachorro, a caixa de sapatos, o alaranjado da tarde de domingo, tudo iria se juntar na suavidade turva da memória. Domingo, 15 de setembro de 2019, foi o último domingo do meu pai.

SEGUNDA-FEIRA

A segunda-feira ainda estava ensolarada. Escrever essas palavras simples, essa platitude, me traz de volta o quarto, iluminado pelo sol e aquecido demais. Escrevê-las me traz de volta a caminhada de domingo com a cadela deprimida. A banalidade de uma frase: eu queria que desfrutássemos o sol. Hesitei em dizê-lo sem bater na madeira, ou sem bater na minha cabeça, sem implorar a intercessão de um poder superior para impedir que essas palavras cotidianas se transformassem em algum tipo de profecia ou maldição furiosa – um quebranto. Você vai lhe trazer azar por dizer isso. O último passeio.

Seguindo o caminho do dia anterior, tentei reunir o que havia entendido sobre o novo tratamento. As frases pescadas no ar, da boca do dr. K., repetidas de modo automático pela esposa com pressa de que ele aceitasse uma prorrogação, pareciam-me desprovidas de sentido. É verdade que algumas palavras não são as mais dotadas do dicionário. Acreditam-se espertas, pensam que estão fazendo a coisa certa e falham, como adolescentes tímidos que, tentando se aproximar da jovem ou do jovem de seu coração, sobrecarregam seu já considerável embaraço com uma inépcia vergonhosa. Assim, a palavra "tratamento". Queremos ouvir que vamos ficar curados, colhemos a informação de que vamos começar o tratamento. Como se, sob a fotografia do próximo protocolo, alguém tivesse carimbado "Resultado não contratual". Essa palavra produz em mim, contudo, o efeito oposto ao esperado pelo médico. Parece-me que, longe de assegurar a cooperação do doente ou de sua comitiva, ela prepara seu ressentimento. O quê? O senhor não vai curá-lo? Vai apenas tratá-lo? Só isso?

Palavra mal-amada, "tratamento" torna-se detestável se lhe agregarmos um companheiro inoportuno, o adjetivo "experimental". Uma espécie de colapso ocorre então em certas pessoas, eu entre elas. Dizem-me "tratamento experimental", ouço "se ele vai morrer mesmo, pelo menos que isso sirva para alguma coisa". E fico cega à utilidade daquilo, só vejo a vida que ainda pulsa em suas veias, a ele, que quero manter perto de mim, agora, para sempre. Resmungando na calçada de Levallois-Perret, eu gostaria que o que ia encontrar não existisse, com a vaga esperança de que meu feitiço o anulasse. O tratamento experimental talvez tivesse a súbita elegância de não existir e desapareceria silenciosamente do dicionário – portanto, da minha vida.

Antes, voltávamos juntos de carro para casa. Ele gostava de dirigir, do seu jeito brusco e rude, irritado com os sinais vermelhos, com os cintos de segurança e com os outros motoristas. Em sua juventude, essa paixão mecânica assumiu inicialmente as formas modestas de um dois cavalos. Depois que nos mudamos para o subúrbio, ele comprou um Peugeot 205 cujos bancos eram forrados com um revestimento que tinha a particularidade de conservar o frio no inverno e o calor no verão – as toalhas penduradas nas janelas, passadas na água pela minha mãe a fim de durarem as longas horas de estrada sob um sol escaldante, não faziam a menor diferença. Eu era fascinada pelo rádio do carro. Minha mãe às vezes conseguia que ouvíssemos canções francesas. Essas canções, no entanto, eram rapidamente abafadas por seus protestos escandalizados e substituídas por seus cantos retumbantes – canções obscenas (altos gritos maternos), canções realistas (tédio infantil), cantos revolucionários (equilíbrio do terror). Mais tarde ainda, ele passou aos carros velozes. Mesmo que eu não tenha a menor admiração por automóveis, ainda sinto um leve estremecimento ao pronunciar a sigla "405 Mi16", que me lembra a cifra precisa de 220 quilômetros por hora. A cada viagem de carro, na autoestrada e até, parece-me, em estradas nacionais, acabávamos por atingir a velocidade fatídica. Eu tinha horror àqueles momentos que me paralisavam, não um horror que eu soubesse nomear, mas um estupor animalesco e profundo. Não importava o quanto eu lhe implorasse para diminuir a velocidade, de nada adiantava.

Essa pulsão encontrava uma via diferente de expressão quando estávamos na cidade, onde seu gosto pela velocidade não podia florescer. A linha reta de aceleração era então substituída por uma trajetória acidentada em zigue-zague, feita de mudanças de faixa, marchas à ré intempestivas, atalhos na contramão, numa erupção de palavrões e movimentos de braço destinados a me proteger do para-brisa a cada freada, como se meu cinto de segurança não tivesse sido colocado. Lembranças, dizia ele, dos anos 1970, quando ninguém usava cinto e todo mundo fumava enquanto dirigia ("Mas, sua boboca, não precisa ter medo, é a vida que é uma doença perigosa").

Nos últimos meses, ele não podia mais dirigir. Sua esposa vinha buscá-lo. Às vezes ela receava que minhas visitas o cansassem. Ela temia o esforço. Inútil. Comigo, ele sempre adormecia. O ritual começava. Colocar a cadeira em posição inclinada. Ajeitar o travesseiro sob a cabeça. Tirar os óculos. Deixá-lo dormir.

Quantas vezes eu o vi tirar os óculos? Na praia? Enquanto fazia a sesta? Com a chegada da idade, para ler de perto, com o conforto paradoxal desfrutado pelos míopes quando a presbiopia chega? Quantas vezes eu o ouvi xingar porque os perdera? Porque havia pisado neles? Porque havia se sentado neles? Ao retirar os óculos do rosto sonolento, eu fazia esse gesto tão intimamente ligado à sua imagem que hoje, ao retirar os meus, vejo-o novamente.

Na foto em preto e branco ele está dormindo, as mãos cruzadas sobre a barriga. Está numa das grandes poltronas de lona do nosso apartamento, uma habitação popular na avenue Claude-Vellefaux, em Paris. No nariz, pequenos óculos com armação de aço, *à la* John Lennon. Muito lhe terão dito que se parecia com ele, pelo formato dos óculos, o rosto oblongo e os cabelos compridos. Ele usa uma camiseta que diz "A que horas comemos?". Tem pouco mais de trinta anos, a fotografia deve datar de 1980.

Naquele ano, precisamente na terça-feira, 2 de dezembro, pouco antes das 16 horas, um incêndio começou num prédio delimitado pelo boulevard des Italiens, a rue des Italiens e a rue Taitbout, em Paris. Esse complexo imobiliário de sete mil metros quadrados abriga escritórios, lojas e cinemas. É propriedade da UAP, a Union des Assurances de Paris, organização criada em 1968 a partir da fusão, orquestrada pelo poder público, de três seguradoras criadas no século XIX e nacionalizadas em 1946. Privatizada pelo governo de Balladur em 1994, a UAP foi comprada pela seguradora Axa em 1996. No ano seguinte à sua aquisição, a UAP vendeu doze imóveis parisienses, "talvez o primeiro sinal de um tremor no mercado de pedras em Paris", de acordo com um artigo no jornal *Les Echos* (o tremor parisiense cresceu desde então até atingir somas irreais, sem que eu consiga atribuir a origem dessa loucura apenas à cessão das propriedades da UAP). Dos doze imóveis em questão, nove são edifícios residenciais e três são edifícios de escritórios no segundo arrondissement. O prédio incendiado em 1980 talvez faça parte do que o jornal identifica como um desses últimos, o boulevard des Italiens marcando a separação entre o segundo e o nono arrondissements de Paris.

Ainda assim, nesse dia o incêndio começa num subsolo antes de atingir diretamente os sótãos, poupando os escritórios onde trabalhavam algumas centenas de pessoas, entre as quais os funcionários de um fundo de pensões. Chamas de dez metros escapam então pelos telhados. O incêndio dura mais de uma hora, antes de ser controlado pelos bombeiros parisienses "liderados pelo general Gère", especifica o *Le Monde*, que conclui com uma nota cheia de suspense: "Uma hora depois do início do incêndio, um correspondente anônimo reivindicou sua responsabilidade, dizendo que se tratava de lutar, em nome do CLODO (Comitê para Liquidação ou Desvio de Computadores), contra os 'computadores da UAP'. Os únicos computadores instalados naquele prédio estão localizados no quinto andar da rue Taitbout e não pertencem à UAP".

O famoso CLODO tinha outros dois nomes: "Comitê para Liquidação e Destruição de Computadores" e "Comitê de Liberação e Desvio de Computadores". Em atividade de 1980 a 1983, herdeiro dos luditas, que no século XIX destruíam as máquinas, ele pretendia lutar contra a informática como forma de opressão e controle. Seus membros, nunca identificados, são os precursores dos ativistas de hoje, os *zadistes*, que denunciam os riscos de vigilância e domesticação de humanos (ou mais genericamente de seres vivos) inerentes à ideia de progresso num sistema capitalista.

Também são a antítese exata de meu pai e de seus amigos cê-dê-efes em matemática que passaram sem vacilar das barricadas de 1968 à alimentação exponencial do capitalismo, através da mecanização e depois da informatização do processamento de dados. Em grande parte jovens, eles personificam o remorso espontâneo de sua geração. São seus duplos distantes, caminhando ao lado dos fantasmas de sua juventude, ainda de cabelos compridos e camisetas improváveis. Repetem em seus ouvidos a música irritante da traição, pelo menos para aqueles que conservaram uma espécie de consciência, tal como ele. No ano em que o CLODO atacou (ele acredita) a UAP, ele havia acabado de sair. Trabalhava lá como programador.

Guardo dessa época uma das minhas lembranças mais profundas, um mergulho nas entranhas de um prédio em tons marrons, numa sala onde máquinas enormes fazem barulho – talvez o prédio do boulevard des Italiens. Seu turno era das três às oito, e ele tinha que me levar para lá nos dias em que minha mãe trabalhava. Lembro-me dos monólitos colossais e enigmáticos, vistos do chão, onde, sentada de pernas cruzadas, toco nos cadarços dos seus tênis de três faixas enquanto ele trabalha. Faz calor.

Depois dos grandes blocos na sala de máquinas da UAP, ele viveu a passagem à miniaturização, o advento do PC, a invasão dos escritórios individuais e residências pelos computadores e, então, o que ele tentou nos anunciar sem que prestássemos muita atenção, a chegada da Internet. A coisa havia assumido a forma de conversas sistematicamente abortadas, um ou outro conviva lhe indicando que, em resumo, ele os estava irritando com a sua Internet. Mas ele contra-atacava. "Vocês vão ver, isso vai mudar o mundo." Os amigos que jogavam cartas aos sábados à noitinha continuavam fumando na mais perfeita indiferença, enquanto o cachorro e eu, que circulávamos em torno da mesa, procurávamos um remédio para o nosso tédio. O desânimo que tomava conta deles ao ouvirem a sua peroração – pois, é preciso admitir, era uma peroração, uma mistura de provocação, certeza e arrogância se antecipando à zombaria – me enchia de tristeza, e descobri que ele teve um modesto triunfo algum tempo depois. Outra de suas máximas: "O que sempre esquecemos com relação a Cassandra é que ela estava certa".

Essa paixão era sincera. Eu tinha a impressão de que ele pertencia a uma horda de garotos crescidos, acneicos e complexos, loucos por ficção científica, rock e xadrez, para quem a expansão do computador havia oferecido, por mágica, por milagre, a metamorfose de seu infortúnio adolescente em glória adulta. Suas bizarrices, suas obsessões, seus gostos especulativos e seu amor pelas bagatelas, seu léxico incompreensível e sua alegria em passear pela virtualidade ou pela abstração, tudo o que os separava dos outros tinha se convertido num conjunto de qualidades não só social e economicamente compensadoras, mas sobretudo interessantes, lucrativas, importantes. Em suma, sedutoras, apesar da panóplia de ternos cinzentos, pastas e sapatos de couro com que agora se disfarçavam. A biografia do mais humilde cientista da computação de sua geração de fato atravessa, de modo concentrado, os grandes movimentos que dão forma ou sentido ao mundo em que vivemos hoje. E, como que por contágio, seu percurso exala um cheiro se não de sucesso, pelo menos de adequação, que o compraz por ter estado no lugar certo na hora certa.

Ele conservava poucas coisas, não gostava dos objetos, não guardava quase nada dos pais. Mas um dia me deu um chip de computador com muita solenidade, como se fosse uma pedra pré-histórica sobre a qual estivesse gravado o segredo da origem da vida na Terra.

Nos meses anteriores, minhas visitas eram individuais. Eu estava terminando, nessa época, a preparação de uma exposição dedicada a um grande escritor do século XX, Jean Giono, e começava um livro sobre ele. Tudo de que precisava para trabalhar cabia numa mochila. Eu vivia nas horas paralelas, aninhadas nas reentrâncias, ignoradas pela maioria dos assalariados. Ali encontramos artistas, desempregados, velhos, loucos, crianças muito pequenas e doentes. Eu ia vê-lo antes de pegar meu filho na escola. Ficávamos sozinhos no quarto. Na maior parte do tempo, ele dormia. Nas primeiras semanas, as das baterias de exames, dormia. E depois, durante as sessões de quimioterapia, também adormecia. Eu lia, escrevia, passei a maior parte desses momentos escrevendo, impregnando-me da luz, do cheiro e do barulho dos hospitais, esperando que ele saísse do sono, me lançasse um sonoro "Ah, como vai, querida?", "Você avançou?". Fazer que sim. Não dizer que eu queria avançar mais depressa para que ele tivesse tempo de me ler, que quanto mais o livro sobre Giono avançava, mais sua presença no livro se tornava necessária para não lhe trazer azar. Um quebranto.

Naquela segunda-feira íamos ficar sozinhos. A esposa estava exausta. Dos meses de doença, do fim de semana no hospital. Tinha que ir para casa, tomar banho, voltar ao trabalho. Magali, por sua vez, tinha o seu bebê. Eu tinha que pegar o bastão, simplesmente. Acompanhá-lo no tratamento, trazê-lo de volta ao quarto. Anotar o que diriam médicos e enfermeiras. Passar as informações. Isso me convinha. Gosto de coisas concretas.

Para chegar ao local de tratamento, numa dessas salinhas onde os pacientes recebem quimioterapia, é preciso mudar de andar. Pegar um elevador. Corredores.

Dessa topografia esqueci tudo, mas me lembro da luz refletida nas cores pintadas nas paredes. Alguém decidiu que damasco e lavanda eram menos deprimentes que as outras cores. Alguém tinha razão. Damasco e lavanda são cores físicas. Seus nomes designam coisas que podemos tocar. Não nos apegamos ao amarelo, nem ao branco, nem ao preto, não apertamos o verde e o vermelho na cavidade do punho que bate sob as unhas, mas pêssego-damasco-lavanda, esses nomes de cores impuras, a gente quase que pode segurá-los. Não são ideias de cor, abstrações pigmentares, mas sim imagens da infância, de cestos de frutas, das roupas limpas no meio das quais se encontra o sachê onde a alfazema, seca, difunde o seu tesouro. Modestas, fazem surgir consigo a loja de souvenirs, a lojinha sem importância, as colheitas, os dentes que mordem a carne da fruta, o lençol que levantamos. Dão um ar familiar ao mundo maquiado em que vivemos. Nesse lugar onde os seres pouco a pouco escapam de si mesmos, essas cores com nome das coisas que temos nas mãos, que guardamos junto ao coração, fazem com que deslizemos na direção da vida. Das paredes onde estão pintadas, nestes quartos onde se escondem os corpos cada vez mais fantasmagóricos, sua familiaridade autoriza a louca esperança de um regresso dos infernos. Mergulham-nos com gentileza na espessura das estações e do tempo a que ainda pertencem as silhuetas exaustas.

O enfermeiro que empurra a cadeira se atrapalha com o edredom, que cai por cima das rodas. Ele não para e puxa de volta, não tem tempo para isso. Executa uma coreografia admirável e irreal, através da qual consegue empurrar a cadeira enquanto inclina o lado esquerdo do corpo para pegar o edredom. Com um golpe certeiro, puxa-o sobre a coxa de onde havia caído, até a próxima queda, imprevisível, graças a uma curva ou aceleração. Ele gira, dança, faz a cadeira balançar.

Sua graça veloz e poderosa nos leva pelos corredores cor de damasco até o quarto lavanda, onde eu abaixo as persianas para que ele possa dormir enquanto lhe administram a coisa experimental. Ele não diz nada. De repente, olha para mim, sussurra que precisa ir ao banheiro. O enfermeiro coloca-o de volta na cadeira, nós o acompanhamos, estou prestes a entrar no banheiro, mas o enfermeiro, num tom suave, me diz que é o seu trabalho. Ele sai, vamos chamá-lo quando terminarmos. Então eu fico do lado de fora do banheiro. Vigio a porta para ele, dizíamos isso na escola, ou não queríamos trancar ou a porta não trancava. Eu vigio a porta para você, era a fórmula das amigas, o talismã da amizade, não era a qualquer uma que pedíamos para vigiar a porta afinal. Abstenho-me de chamar do outro lado, tento concentrar minha angústia e minha conturbação (será que ele vai desmaiar no vaso sanitário? Morrer em cima do vaso sanitário? Cair do vaso sanitário?) em algum outro lugar que não seja ele. Depois de esperar por um tempo que me parece razoável, pergunto se já terminou, ele responde que sim. Chamo o enfermeiro. O enfermeiro entra no banheiro. Seguro a porta. Eles saem. Abro a porta do quarto.

O balé keatoniano continua. O enfermeiro com sua cadeira de rodas, eu com minhas portas, passo de uma a outra, ao lado da cadeira, no corredor damasco. O enfermeiro dobra os braços, as pernas, do decote em V do jaleco branco sobressai um pouco de pele, estica-se quando ele se inclina, manipula o paciente na cadeira – meu pai, a carcaça magra nos braços do enfermeiro dançarino.

Entramos no quarto, de volta ao início, chega uma enfermeira que substituiu silenciosamente o enfermeiro gracioso, ela fala com calma, explica as diferentes doses do tratamento. Eu franzo uma sobrancelha para dar a impressão de entender algo dessa coisa que não entendo. Franzo uma sobrancelha para mostrar ao tratamento experimental que ele não vai me derrubar tão facilmente e que não vale a pena incomodá-lo à toa, para seu próprio prazer de tratamento experimental, quando se trata do meu pai. Nós dois acenamos com a cabeça. Ela conecta o fio no cateter que ele tem sob a pele, do lado direito, na parte superior do peito. Uma substância flui. Ela dá um tapinha no fio, olha para a bolsa translúcida onde a mistura repousa. Explica que está ministrando algo para a náusea também e que aumentará gradualmente as doses nas próximas horas. Vai ajustar a velocidade com a qual o tratamento ocorre, se necessário. Sorri para mim e sai do quarto, seus passos amortecidos pela maciez dos sapatos de borracha. Ele se senta nos lençóis, puxa o edredom. Eu puxo a cadeira para poder colocar meus pés na estrutura da cama. Arrisco dizer que vamos ver, quem sabe. Um biquinho. "Hmmm." E, como todas as vezes, ele adormece.

Seis dias após o incêndio do imóvel parisiense pelos ativistas do CLODO, em 8 de dezembro de 1980,

John Lennon foi assassinado em Nova York. Em agosto daquele mesmo ano, a segunda parte da saga *Star Wars*, que ainda chamávamos de *Guerra nas estrelas*, foi lançada nos cinemas. Fomos assistir, e não sei se minha mãe estava presente. Minha memória recompôs a lembrança distante dos meus cinco anos, e, nessa recomposição, estamos os dois sozinhos, como nas expedições pelos subterrâneos da informática da UAP; nos treinos de vôlei no Centro Esportivo Universitário aonde ele me levava às vezes (eu esperava por ele num canto, entre o ruído ensaboado dos sapatos no piso e o eco dos quiques das bolas); nas sessões de ginástica em que, saltitando sobre o carpete, nós nos agitávamos em frente à televisão equipados com pulseiras de esponja que me lembravam as testeiras dos tenistas; e nas suas numerosas tentativas de me ensinar todo tipo de jogo (xadrez, *go*, *awalé*, tarô). Sua juventude contaminou de tal maneira o conjunto da minha memória primitiva que posso ter isolado a nós dois numa de nossas expedições quando éramos três.

Se me parece que fomos ver *O império contra-ataca* sozinhos, é também porque a lembrança do filme é um misto de medo e emoção, escuridão e deslumbramento, de estranheza, de inquietude, tudo no calor de uma sala escura, diante de imagens hipnóticas em movimento, e porque, de certa forma, isso pode ser suficiente para resumir o efeito que sua personalidade produzia numa criança de cinco anos. Que, ademais, era sua filhinha, que ele arrastava meio que para todo canto como se ela fosse um menino: desde o vestiário de vôlei, onde lhe explicaram que era melhor eu esperar do lado de fora, até, alguns anos depois, o pub londrino do qual fomos expulsos com muita indignação numa língua que eu ainda não compreendia.

Mais ou menos na mesma época, a sagacidade de minha mãe, observando-me com o nariz grudado nas folhas de desenho, me levou a um oftalmologista, onde descobriram minha hipermetropia. Ganhei então enormes óculos de plástico, de armação rosa, que não gostava de usar. Uma noite, quando estávamos vendo televisão numa daquelas poltronas de lona da foto, ele me mostrou a cantora Dalida e me disse: "Está vendo essa mulher? Ela é linda, mas é vesga. Se você não usar os óculos, vai ficar vesga como ela para o resto da vida". Essa perspectiva me pareceu tão abominável (aliás, meu pai havia renovado a ameaça com Joe Dassin, e mesmo agora os nomes dos dois cantores provocam em mim uma espécie de pavor remoto e espontâneo) que nunca mais protestei. Hoje sou míope como ele. Como ele e um tanto como Dalida, sofro de um leve estrabismo quando estou cansada. O oftalmologista me explicou que era natural, nosso olho de míope é maior e mais pesado que o dos outros e, portanto, mais difícil de sustentar para os músculos.

Guardei seus óculos comigo, apoiados num dos braços da cadeira. A banalidade desse tratamento experimental tem algo a um só tempo deslocado e reconfortante. Tudo está aqui como em nossas sessões habituais. Ainda estamos no nosso tempo, esse tempo comum em que ele dorme e eu vigilo. Tento anotar o que a enfermeira me falou, para repetir à esposa. O dia pode passar. O tratamento experimental gota a gota, dissimulado.

No quarto escuro e quente, escuto sua respiração, e essa forma que ele tem de engolir a saliva pigarreando e produzindo um som familiar, pontuado pelo apoio que a laringe parece ter no diafragma, embaixo, no estômago, um som que traz à tona sua pessoa através do sono, com um vigor espantoso, sempre presente, sempre o mesmo, desde sempre. A luz filtrada pelas persianas metálicas ilumina um pedaço de lençol, passa pela saia do meu vestido, cujas borboletas estampadas faz dançar, aquece um pedaço de carne aqui, de metal ali, sustentada pela lavanda da parede e pelo clicar da máquina metrônomo.

O corpo na cama começa a se mover, primeiro as pernas subindo em direção à barriga, depois o busto que gira; de olhos semicerrados, ele tenta se endireitar, a cabeça mais pesada que o pescoço avança, luta para avançar, e começa um barulho inédito, regular, espasmódico e que pontua seus esforços. Levanto a cabeceira da cama, pego suas mãos para sentá-lo, o barulho continua, cada vez mais forte, um estertor que engrossa com as convulsões do estômago, do diafragma, da traqueia, de toda a tubulação interna que, apodrecida pela doença ou pelo tratamento ou por ambos, protesta, recusa, combate a coisa experimental com toda a sua força de cataclismo interno – os olhos semicerrados, a boca entreaberta e as mãos apoiadas na cama, o corpo todo concentrado nesse barulho, exalando, continuando a exalar, como um motor, ou uma caldeira, ou um barco velho, ou o cachorro velho em seu estertor, às portas da morte, antes de nos decidirmos pela eutanásia, sua garganta se contrai para vomitar, nada sai, o barulho, a pressão nas entranhas, toda a força, cada vez mais, o ruído cada vez mais forte, sua pessoa concentrada no espasmo que toma conta do corpo todo, que o reduz à sua função de expulsão de si mesmo, de sua própria decadência interior. Corro para buscar uma lata de lixo, deixo-o com seu barulho, seu corpo mecanizado e atravancado que se apoia sobre a barriga, volto, ele vomita na lata de lixo, líquido, mais líquido, o rosto pálido e os olhos vagos, mesmo depois disso o barulho recomeça, os espasmos, não tem fim, é profundo, gutural. Ele é o barulho. Não está de óculos, não tive tempo de colocá-los de volta nele. Uma enfermeira me traz um "feijão", troços de papelão do hospital para vomitar, entrego-lhe a lata de lixo cheia, me desculpando, ela sorri, o barulho ainda mais forte, os espasmos, cada vez mais contraídos, o estertor enche todo o quarto, ganha da lavanda e do damasco das paredes, ganha da luz que passa pelas persianas metálicas, ganha da previsão do tempo para o dia e do vento que dissipa as nuvens, nada mais existe além desse barulho e dos ímpetos desumanizados de que ele é a marca, e não há mais nada no quarto a não ser os espasmos de meu pai.

Por um momento, o barulho para. Ele está apoiado nos braços, o peito ligeiramente inclinado para a frente. Pego o "feijão", saio e digo a uma outra enfermeira que ele não tolera o tratamento. É a simpática enfermeira da quimioterapia, ela entra, diz a ele que vai interromper o tratamento enquanto aguarda um médico. Ele quer se deitar. Vira-se de lado, os braços cruzados sobre o peito. Sentada ao lado dele, na cama, esperando as instruções do médico, tento fazer uma massagem na sua nuca, passo as mãos pelo ombro ossudo, as lágrimas que escorrem pelo meu rosto são discretas, sem ostentação, quase sem tristeza. Sei que, mesmo que ele tenha me poupado dos detalhes, essas convulsões o torturam há muitos meses.

Ele se vira, agarra minha mão com um aperto cuja força me surpreende, olha para mim com seus grandes olhos míopes, seus olhos pesados de criança triste, tenta articular alguma coisa, recompõe-se, me diz: "Não aguento mais". Aperta minha mão, me puxa para perto dele, aproxima meu rosto do seu e abre os lábios novamente. "Não aguento mais. Não aguento mais."

Fazia anos que nossos rostos não se viam tão de perto. As bochechas encovadas, o olhar e a magreza dos últimos meses me saltaram aos olhos. Eram semelhantes aos de sua juventude. Seu rosto cada vez mais emaciado, cuja respiração tênue eu sentia me confessando a exaustão e me anunciando o fim, funcionava ao mesmo tempo como um retorno ao rosto de antes, àquele que foi, sem dúvida, o primeiro rosto visto quando nasci, antes mesmo do de minha mãe, vítima de uma hemorragia durante o parto – mal que, naquela época, levava as mulheres a uma morte quase sempre certa, da qual ela escapou como que por milagre.

Na cozinha do nosso pequeno apartamento, ela dá voltas na cadeira de alimentação, preparou um ovo, agita-se para cá e para lá. O perfume e o cheiro, os longos cabelos cor de azeviche, rígidos, chicoteiam o ar, o cômodo oscila, ela está aqui, impõe-se, suas mãos grandes me agarram, ela me devora as bochechas, as costelas e a barriga, aperta, comprime a carne. Minha mãe retoma o que nós duas não tivemos, eu farejo, gruda em mim o cheiro e o perfume, a pele, dançamos no negrume dos seus cabelos, a mancha de gema de ovo no babador, estou com sede, ela ri, pergunta se eu quero uma bebida, beba, minha filha, a dança recomeça na cozinha do apartamento sem pompa, sem ambição que não seja a vida, no quentinho. Minha mãe retoma, recomeça, conserta tudo o que nunca tivemos, ela e eu, e que nunca teremos tido. Disseram-me que estive vários dias sozinha num berço, aos cuidados das enfermeiras. Mergulhada numa inconsciência da qual raramente acordava, ela recebia tratamento num quarto separado, onde ninguém tinha permissão para entrar.

Na fotografia tirada no hospital, ele dá a mamadeira a um bebê de pernas magras, vestido com um macacão vermelho. Podemos vê-lo de perfil, os cabelos compridos, as garras de suas mãos grandes seguram a mamadeira de vidro e as nádegas do bebê a quem ele sorri de banda, atento, na escuta do que os recém-nascidos não podem formular. Usa uma camisa xadrez. Tiveram que me tirar do quarto isolado onde me haviam colocado. Algumas horas antes, ele saía à toda de carro em busca de sangue. A clínica, que não tinha o suficiente em estoque, enviara-o nessa missão. Foi num hospital militar que ele conseguiu pôr as mãos numa quantidade suficiente para salvar minha mãe.

No momento em que seu rosto se virou para mim, experimentei uma espécie de versão invertida da foto; minhas duas palmas envolvendo sua mão, eu estava inclinada sobre ele para ouvir o que dizia em voz baixa. Há pouco mais de quarenta anos, no momento em que nasci, os médicos militares lhe haviam dado o sangue que ele viera buscar, febril. E são novamente eles que, revelando-lhe a gravidade de sua doença, o condenaram. Uma ironia: ele terá tido nove meses para dar à luz sua morte.

Uma vez lá fora, dirijo-me à enfermeira posicionada atrás do balcão. Os outros pacientes estão em seus quartos; uma senhora bonita e magra, com um lenço colorido na cabeça, sorri para mim. Não sei se ela consegue ver os vestígios das lágrimas que corriam há pouco, sem choro, como fluidos independentes. Digo à enfermeira que ele não aguenta mais e é preciso avisar o médico. Repito a frase, precisam entender que ele não aguenta mais, várias vezes, sem saber que estou repetindo; ela tem a expressão imperturbável dos profissionais, diz que ligou para o médico. Que meu pai realmente está muito menos bem do que nas últimas vezes.

Não sei se é o olhar da enfermeira, o fato de ela também ter visto o calvário dele, de tê-lo reconhecido. Se é o meu cansaço, se é o damasco das paredes, o branco da blusa e o azul do céu. Se é a lata de lixo suja embaixo da janela, ao sol. Não sei se esses detalhes contribuíram, mas pela primeira vez desde o anúncio da sua doença, e pela última, senti grandes soluços, não de tristeza, mas de pânico, invadirem a minha garganta, impossíveis de conter e que me levaram ao banheiro coberta de ranho e baba, para me recompor ali antes de voltar para junto dele. Para lhe dizer, com calma, que eu havia falado com eles, que iam parar o tratamento e que o dr. K. viria vê-lo quando voltássemos ao quarto. Manter a calma, controlar meus nervos para que finalmente, como antes, como sempre quando eu vinha vê-lo, ele pudesse dormir. Para manter em equilíbrio o momento das nossas sessões anteriores, quando a doença progredia, mas não havia vencido. Para lutar contra o tempo, na lavanda e no damasco.

E sobretudo para adiar a conversa que teríamos que ter e que ele me havia pedido tanto tempo antes, ora em tom sério, ora em tom de brincadeira. Aquilo o obcecava. Ir embora em plena posse de suas faculdades. Puxar a cortina, apagar a luz, todas as metáforas surgiam, todas as vezes. Desertar antes de ser vencido.

"Olha, já vou te avisando, se eu começar a delirar você me mata." Deitado na cama, o cachorro enroscado ao seu lado, ele tem nas mãos um livro de capa metálica, talvez Isaac Asimov ou Philip K. Dick. Os tornozelos estão cruzados e o nariz colado nas páginas. Minha mãe e minha irmã estão ocupadas na casa que ressoa com as marcas de sua presença, uma escada que alguém sobe, uma frigideira que chia, a gata para a qual abrem a porta, que parabenizam debilmente quando traz um troféu ou outro, ratos e pintinhos semimortos que ela encontra, a heroína doméstica. Os óculos estão em algum lugar sobre o edredom. Protesto não sei contra o quê em tom de brincadeira agitada. Devo ter quinze ou dezesseis anos. Ele larga o livro, incomoda o cachorro, tateia e põe os óculos de volta, suspira. "É só me sufocar. Olha, você pega uma almofada ou um travesseiro" – ele pega o travesseiro, pega com as duas mãos, puxa, bate nele. "Coloca sobre o rosto, estica bem os braços e espera. Haverá sobressaltos, mas enfim. Você espera, basta contar. Promete? Hein? Você promete?" Nunca prometi. Às vezes eu desejava que ele pudesse encontrar coragem para cometer suicídio, não tendo nenhuma intenção de acabar eu mesma com seus dias.

Na segunda-feira, quando me intimou a aceitar que não aguentava mais, ele fez surgir outra vez essas cenas que com o tempo acabávamos evocando com risos. As bochechas encovadas, o olhar duro, o rosto rejuvenescido, do qual – como escreveu o narrador de *Em busca do tempo perdido* sobre as feições de sua avó na hora da morte – "a vida, ao se retirar, acabava de levar embora as desilusões da vida", impuseram bem no meio do nosso silêncio uma das palavras mais aterradoras do dicionário, tão imensa por conta das nossas conversas passadas que enchia o quarto sem que tivéssemos ninguém a quem pronunciá-la – a eutanásia.

TERÇA-FEIRA

Quando criança, imaginava que um dia poderíamos morar num castelo, vasto e alto, com um número infinito de quartos e dependências. Queria enfiar ali toda a família, a mais próxima e a extensa; que os velhos ali declinassem, tranquilos, enquanto os mais novos se sacudissem ao sol, em parques de colinas onduladas, entre pomares ou hortas cuja existência eu conhecia pela graça única dos livros da Condessa de Ségur. Os domínios de *As meninas exemplares*, Delphine e Marinette, os de *Os desastres de Sofia*, esses espaços amplos, luminosos e amenos na natureza formavam a cartografia do meu imaginário. Nosso apartamento na área de habitação popular em Paris era muito apertado para acomodar avós, tios, tias, primas e primos. A casa suburbana que nos acolheria mais tarde e que me pareceria imensa por causa da escada, até ela, em sua majestade de classe média, não bastaria. Eu precisava de um castelo tão grande quanto meu sentimento.

Esse sonho foi misteriosamente transmitido ao meu filho. Muito mais pragmático do que eu, ele fomenta a compra do castelo de Vincennes, por causa de sua proximidade com o bosque e com o metrô. Rumina essa história listando as pessoas de sua afeição. Quer-nos para sempre com ele, o gosto da permanência brandido pelas crianças contra algo que lutam para compreender e que domamos ao longo dos anos, o irremediável.

Só hoje percebo que a resposta concreta a esse sonho do castelo, a essa fuga para lá do espaço e do tempo que deitava raiz nos lugares das minhas leituras, seria, ela também, literária. Que eu não more e, sem dúvida, nunca venha a morar em castelo algum, por menor que seja, e que jamais venha a suportar a presença de tanta gente. Mas que haja livros.

Alguns são túmulos. Imobilizam o curso do tempo, arrancam os seres do esquecimento, congelam-nos em pedra. Outros são castelos. Encontramos, correndo pelos seus corredores, os mortos espalhados na memória, aqueles cuja silhueta desvanece na foto e cujo nome não passa de uma palavra transparente. Esses livros brincam com o farfalhar da lembrança. Não enterraram o amor; simplesmente se esqueceram de ser infelizes.

"Está todo mundo aqui?" Toda vez que acordava, ele dizia a frase, atrapalhando-se para pegar os óculos. Pronunciava-a com um entusiasmo afetuoso, lânguido com a morfina que lhe administravam ininterruptamente desde a noite anterior.

Quando voltamos para o quarto, ele primeiro esperou que os presentes tomassem a palavra. Repeti o que ele me dissera: ele não queria o tratamento. Todos nós sabíamos que isso o condenava a um prazo muito curto. O dr. K. pretendia, por sua vez, honrar o pacto que o unia a seu paciente. Queria ter certeza de que entendíamos. A esposa protestou, tentou algumas palavras. Ele encarou o médico com um olhar fixo, articulando lentamente: "Quero morrer". Depois disso, não havia mais nada a dizer. Tínhamos entrado num tempo e num espaço paralelos, flutuantes, ocupando o quarto organizado em torno da cama onde se encontrava entronizado aquele que entrava na morte e desejava dormir ali.

"Está todo mundo aqui?" significava: vocês três estão aqui. Sua esposa, suas filhas. Seu espanto, cada vez menos frequente à medida que ele mergulhava no sono, era como um deslumbramento terno e ligeiramente embriagado, uma descoberta sempre renovada.

A maioria dos deuses romanos e gregos tem um atributo, um utensílio, um objeto que os caracteriza. Uma alegoria de sua função. Uma imagem de sua imagem. Meu pai, o deus imprevisível da minha infância, tinha, para mim, um livro numa das mãos e um instrumento musical na outra. Esta última paixão foi compartilhada por minha mãe, que também cantava da manhã à noite. Entre os meus brinquedos preferidos havia desde muito cedo um desses toca-discos que eu passava horas manuseando com maior ou menor sucesso, não sendo (já e infelizmente) muito ágil com as mãos.

Os discos em questão eram discos de plástico azul, laranja, amarelo, compactos e ranhurados. Deveriam se adequar à espessura de nossos dedos infantis, bem como à inabilidade dos nossos gestos mal coordenados. Mais tarde, depois que nos mudamos para o subúrbio, meus pais me deram um toca-discos para ouvir álbuns de 45 RPM, uma canção de um lado, uma canção do outro. Minha coleção incluía aberrações que eu adorava ("Puta que pariu, isso é mesmo uma merda!"), discos de Carlos, Gérard Lenorman e até Patrick Topaloff. Eu berrava "La ballade des gens heureux" [A balada das pessoas felizes] de pijama, ele revirava os olhos ("Céus!") enquanto a gatinha a que eu dera o nome bucólico de Margarida devorava as solas de seus surrados tênis Adidas.

Essa discografia, perdida entre seus discos de rock e música clássica, bem como os poucos discos de variedades de minha mãe ("Ah, mas não é possível, mais merda!"), vinha de amigos jornalistas que trabalhavam numa jovem rádio, a FIP, na qual os locutores eram locutoras. Elas tocavam o barco com um brio irascível que eu ainda não sabia ser sedutor ou sexy. Eu herdara discos que nunca iam ao ar.

Como casal, meus pais permanecem associados às vozes ácidas dessas locutoras, principalmente à de Kriss Graffiti. Minha mãe a conheceu numas férias, num grupo de adolescentes que incluía uma de suas melhores amigas, Élisabeth. Antes de se tornar jornalista, esta última estudaria matemática na faculdade de Jussieu. Uma entusiasta do tarô, ela saía com notívagos e jogadores e convidou minha mãe para um jantar onde ela conheceria um agitado *Ersatz* de John Lennon.

Meus pais ficaram juntos por mais de 35 anos, divorciando-se pouco antes da velhice num tumulto apaixonado e violento do qual minha irmã e eu, embora adultas, lutamos para nos recuperarmos. A guerra que eles travaram quase apagou de nossas memórias a felicidade de outrora, sua juventude e sua franqueza, mas sem sucesso. A instabilidade do presente precisa demais da densidade do passado.

À medida que o dia avançava, a exclamação alegre de "Ah, está todo mundo aqui?" se fez acompanhar por palavras de amável simplicidade. "As crianças estão na escola?" / "Vocês comeram?" / "Olá, docinho!" / "Como você está?" E, pouco a pouco, conforme a noção do tempo se tornava mais turva: "Que horas são? Puta merda, está cedo para burro".

Não entendíamos por quê, quando o ponteiro das horas apontava para um número no mostrador do relógio, ele o interpretava como a hora da manhã. "Que horas são?

Deixa eu ver (colocar os óculos de volta, pegar o relógio). Puta merda, cinco horas? (ar surpreso). Está cedo para burro! (ar satisfeito) Que gentil vocês terem vindo tão cedo! (ar muito satisfeito)."

Cada despertar era feliz, e quero ver nessa escolha da manhã algo como a sensação de que tudo sempre começa, para seres como ele. Curiosos e desejosos. E talvez também com medo da noite que cai, da solidão, da melancolia. Relutantes diante de qualquer forma de devaneio cansado, porque o cansaço resvala para uma desintegração possível, um caminho para a dor ou para a dúvida.

Todos os domingos ele nos acorda com um som de tambor, cantando, batendo portas, logo acompanhado pelo latido de um cachorro superexcitado e pela música no volume máximo (Verdi, Mozart, Bach, Wagner). Mal temos tempo de despertar quando surge a pergunta fatal: "Qual é o programa?", com aquele sotaque de garoto parisiense petulante que nunca o abandonou. Magali, silenciosa, com olheiras, observa esse fenômeno com uma energia alheia à sua. Pega diligentemente, quase com lentidão, os *croissants* que ele e o cachorro trouxeram da padaria vizinha. Prepara-se para o dia em que ele não vai deixar de nos exaurir.

Seus únicos momentos de descanso real, além do sono, eram quando lia: ele podia se abstrair de tudo, em qualquer lugar, e permanecer imóvel por horas a fio, fosse num sofá ou numa cadeira, numa toalha de praia, ou numa mesa de restaurante, ou num banco. Desaparecia de nossas vidas, depois voltava da leitura quase calmo. Sua vida explosiva tinha sido apanhada numa espécie de caixa que a contivera enquanto a leitura o recompunha. Ele naturalmente aplicava essa jurisprudência a nós. "Mas por que você não para quieta, menina? Está de saco cheio? Não tem nada para ler?"

Minhas leituras tinham passado primeiro pela voz da minha mãe, nas histórias da hora de dormir. Ela trabalhava muito; nós a víamos pouco. À noite, deitada na cama, eu ficava atenta aos seus passos. Ela chegava tarde em casa, subia apressada para nos ver um pouco, para nos beijar, para nos cobrir. Pegava o livro, com o qual já estávamos, eu engolia a história e, com ela, os olhos, a boca, as mãos, a pele que lia, captava secretamente os cheiros vindos de fora, da outra vida dela, as baforadas metálicas de perfume e tabaco misturadas no terninho, nas meias finas, na maquiagem seca e nos sapatos de couro. A leitura era a carne, os sons das pulseiras. O calor. As histórias da noite, quando ela voltava exausta para casa, eram juras de amor sussurradas a meia-luz.

Então eu cresci. As histórias mudaram de mãos. Ele entrou em cena e as submeteu ao vigor de seus próprios gostos, de seu desejo impossível de domesticar. Deixava-se impregnar pelos livros como se estivesse tomando sol, as pernas plantadas no chão, os músculos tensos, o queixo erguido.

Ofereceu-os a mim com rigor e generosidade, recusando-me qualquer forma de literatura pertencente àquela categoria que ainda não chamávamos de "literatura juvenil" (o que não me impediu de ler Roald Dahl, um sobrevivente milagroso de suas excomunhões). Aquilo era para ele uma "idiotice cínica e estúpida de marketing", e ainda me envergonho do dia em que, motivada por vendedores animados na minha escola primária, pedi a assinatura de um periódico para crianças. Resumindo, se eu quisesse ler o jornal, bastava ler o dele, se quisesse ler livros, bastava ler os dos grandes escritores: era preciso parar de tratar as crianças como patetas.

A Condessa de Ségur, que ele tolerava, ocupou meus primeiros anos. A ela logo se juntaram, sem igualá-la, Marcel Pagnol, que ele odiava, mas que minha mãe comprava quase que em segredo, Rudyard Kipling, que ele adorava, Hector Malot, que o fazia chorar e, claro, Roald Dahl, que ele ignorava com constância, mas parecia tolerar, assim como *Mulherzinhas*.

Certos sábados, depois do almoço, ele me levava à biblioteca (herdara da infância um amor imensurável pelos serviços comunitários, numerosos na cidadezinha suburbana onde morávamos, e apreciava em especial as bibliotecas). No prédio moderno de dois andares, incluindo um térreo austero onde as pessoas se sentavam diante das mesas, ele me soltava como quem liberta um animal. Eu subia a escada correndo, afundava em pufes e lia o que encontrava. Às vezes eu ia pegar um exemplar ou dois da revista *J'aime lire* em segredo, para não desencadear uma de suas imprecações contra o mercado da "cultura para os pequenos". Ele ficava no andar de baixo, na seção de revistas em quadrinhos para adultos, de ficção científica ou ligeiramente erótica (Manara, os *Pauline*). Eu lançava um olhar corado às revistas quando voltava para junto dele.

Fazíamos a mesma coisa quando íamos a Paris, àquele lugar cem por cento solene, vertical e uniformemente marrom que era a Fnac Montparnasse. Sentada no chão, eu lia enquanto ele vagabundeava de maravilha em maravilha, de disco em livro e de livro em revista em quadrinhos. Ele saía com os braços carregados de sacolas, e dirigíamos a toda velocidade, ansiosos para trazer o tesouro de volta ao nosso covil suburbano, onde a única livraria era uma espécie de banca de jornais-papelaria. Vendiam ali aquelas abominações que eram para ele *Le Journal de Mickey* e os álbuns Panini, entre souvenirs de lantejoulas, borrachas perfumadas e bilhetes de loteria. Eu ia até ali às vezes, durante a semana, quando ia comprar pão, e sentia o cheiro de jornais e embalagens plásticas exalado pela caverna das proibições.

Instalamos uma cama extra no quarto, para que sua esposa pudesse ficar para dormir. Magali às vezes se deita ali. Ela o observa com um olhar fixo que sempre reconheci nela, e às vezes um rubor e um tremor correm furtivamente debaixo da sua pele, na altura das bochechas e das pálpebras. Tomei posse de uma cadeira e coloquei os pés na beirada da cama. "E seu livro? Terminou? Já saiu?" O livro de que ele fala também é dele, que o carrega no coração. Houve belas provas antes do verão, uma edição encadernada como o verdadeiro livro impresso, distribuída antes do lançamento. Naquela época, ele ainda podia ler.

Por muito tempo guardei em segredo o momento em que ele me ofereceu um diário e me pediu que escrevesse. Não era preciso mais do que isso para me paralisar. Senti vergonha ao olhar para o volume fechado com um pequeno cadeado, no qual nunca escrevi. E quando acabei escrevendo livros, tardiamente, ele leu todos, muitas vezes foi o primeiro a ler, tomado por emoção excessiva, viva, alegre. Ele agora repousa neste livro consagrado a Giono, que é um livro do pai, onde encontramos seu retrato, minha esperança, nosso vínculo. Era quando o desfecho da doença permanecia incerto; estávamos pendurados por um fio e eu queria segurá-lo perto de mim. O livro ainda o preserva.

O leão de Kessel. O pedaço de couro colocado nas calças do bom diabinho para amortecer a dor do chicote, a sangria administrada ao burro Cadichon, o giz colocado por Sofia em sua mesa de jantar como se fosse açúcar, os pelos que cobrem por completo o jovem Ourson nas páginas da Condessa de Ségur. O mangusto de Kipling. O quadro do professor e as flores da mãe em Pagnol. Vitalis, seu macaco, sua morte e as desventuras do órfão Rémi em Malot. Todos os detalhes retorcidos em meu crânio, dos quais Roald Dahl tinha o segredo: os insetos que embarcaram com James no pêssego gigante, a pele das bruxas irritada por suas perucas, sua saliva azulada. Suas garras. Matilda, a garotinha mal-amada que assombrava a biblioteca. Jo March, que foi, sem dúvida, e durante muito tempo o que mais se assemelhava, para mim, a um modelo feminino. Eu percebia o mundo ao meu redor como um pedaço da realidade menos carregado de vida do que o dos livros.

Tudo isso ainda existe na minha memória em estrita equivalência com a sala de aula, as amigas, os patins, as calçadas percorridas de casa para a escola, as cercas dos jardins, o cachorro, as professoras, as tartarugas, as flores, a cerejeira e meus pais vistos na glória de sua juventude. Posso, portanto, atestar a existência real dos personagens desses livros. Li-os, conheci-os, vivi-os com tanta densidade como vivi a vida das crianças sem história, crescendo numa felicidade simples – se excetuarmos a catástrofe do meu nascimento – que durou até aos meus dez anos. Então o relacionamento dos meus pais se degradou. Pouco a pouco, uma inquietude espessa tomou conta da casa. Enrolava-se em torno dos ramos da cerejeira, envolvia os cômodos com silêncio ou gritos.

Foi nessa época que meu pai me deu o primeiro livro adulto, o que leva a gente para longe das leituras da história noturna no oco da voz materna: *O Conde de Monte Cristo*, de Alexandre Dumas. Uma história de injustiça e vingança, um fugitivo de uma prisão escura, fomentando seu retorno nas páginas de papel-bíblia, protegido pela capa dura de couro de cordeiro na coleção da Bibliothèque de la Pléiade. Ele me explicou como aquela edição era excepcional, preciosa e frágil. Eu adivinhava tanto o preço quanto o valor. Dizia-se que as bordas das páginas eram douradas com ouro fino, o que abria sob meus dedos o equivalente a séculos de contos de fadas nos quais os simples objetos se transformavam em tesouros, vidrarias, pérolas, diamantes africanos. Dediquei-me à leitura com uma espécie de terror religioso. Quando virava as páginas tão finas que corria o risco de rasgá-las, meu desejo de prosseguir na intriga a que Dumas me conduzia a galope era constantemente contido pelo medo de danificar o objeto sagrado ou de trair sua oferenda.

Este livro não é um livro sobre o luto. O luto vem depois. Atua no seu ser, no seu corpo, nos seus sonhos e pode te arrancar da vida presente. Se afundamos nele, vagueamos pelo resto da vida, contemplando os vivos de longe, sem nenhum desejo de nos juntarmos a eles. Ficamos melhor com os mortos, na doce eternidade da dor. Os sensíveis, os quebradiços, os seres por demais arruinados para carregar o fardo da vida podem se sentir bem ali. Para os outros, o luto se demora e depois estabelece a fronteira.

Um dos maiores e mais angustiantes livros sobre o luto que me foi dado a ler é *Pompas fúnebres*, de Jean Genet, um delírio alucinado de amor e infâmia, uma jornada poética e arrepiante através da abjeção para conjurar a dor. Ao reler Genet, esse velho conhecido inadmissível, volto a um sentimento antigo, suave e aprazível à memória. Faço sua edição para a Pléiade, essa coleção que meu pai colocara em minhas mãos para me convidar a me refugiar nos livros. Por um tempo, ele lia por cima do meu ombro.

Aqui, não é o luto que comanda, e eu teria dificuldade em pintar um retrato de meu pai sem pensar que é falso. Escrever "ele era..." ou "ele foi..." é necessariamente mentir, escolhendo o ângulo que imobiliza e anula o que nos mantém vivos, móveis, ágeis, nossas metamorfoses ao longo dos dias. Mesmo esse "ele", que pressupõe uma unidade, é uma ficção. O que resta de nós é bem diferente e volátil. A vivacidade do presente. Do sentimento. O rastro que deixamos para os outros. Essas partículas de tempo e afeto mesclados permanecem em suspenso. Aqui, quem manda são elas, e com elas o sopro que sua morte deixou no meu coração.

Ele adorava as histórias de crianças tristes e maltratadas pela vida, *Poil de carotte,* de Jules Renard, *Le Petit Chose*, de Alphonse Daudet, das quais falava com lágrimas nos olhos. Mas também Dickens, Dumas, Hugo (sabia de cor muitos de seus poemas). Maupassant, Flaubert, Zola, Stendhal. E Rimbaud, e Verlaine, e Baudelaire, enfim, todos os clássicos que ele havia percorrido metódica e exaustivamente. Então se voltou para a literatura estrangeira (estadunidense em particular), a ficção científica, os livros de história e os ensaios. Não sei como teve acesso a tantos livros. Seu pai, em parte, que valorizava os livros históricos populares. As bibliotecas, sem dúvida. Sua escola também, embora guardasse más lembranças dela e sempre tivesse considerado a maioria dos padres que ali oficiavam imbecis um tanto demasiadamente carinhosos com os meninos.

Ele é um retrato e tanto, sentado no chão do apartamento em Issy-les-Moulineaux. Está com o nariz metido no livro enquanto a irmã faz acrobacias e o irmão toca piano. O mais velho é tão bonito, com seus olhos verdes, com seus cílios compridos. Tem os traços finos. A pele é escura e a mandíbula cerrada. Ele toca piano, o instrumento da mãe, aquela que os deixou e que ele terá tido por dez anos ao seu lado. Ele é pura raiva e nervosismo. O pequeno parece não entender. Lê, está feliz, deixou o trompete em algum lugar. Não tem qualquer recordação de vida em comum com sua mãe. E está sempre lendo.

Alguns dias antes, eles posaram para uma foto. Os dois mais velhos e o caçula, sólido, branco, de ossos grossos, tão alto que tem a altura de sua irmã, como se tivesse engolido os cinco anos de diferença. É preciso ser cego para não ver o que diz a foto, o que dizem todas as fotos, mesmo aquelas com a mãe, quando ela ainda estava lá e com quem o pequenino se parece tanto. Ele não tem o mesmo sangue do pai, esse trapezista atarracado e musculoso cuja pele é tão opaca e os cabelos crespos, esse homem de Nantes com o sorriso brilhante de príncipe do deserto. Perdido nos livros, o pequeno o ignora, ou talvez se perca nos livros para não ouvir nada do que murmuram ao seu redor, do que dizem de sua mãe que partiu, foi embora com o amante indesejável, aquele que a faz largar tudo, aquele que lhe promete o amor e a carreira, o canto, a música, as turnês. Talvez ele perceba palavras de insulto, bastardo, puta, corno, e as apague nas linhas engolidas com fervor, nas quais mosqueteiros rodopiam, prisioneiros escapam, histórias de amor são tecidas e crianças órfãs encontram famílias adotivas. O violinista trapezista com dentes de pérola, o andarilho engolidor de ópera, porém, manteve o pequeno perto de si. Transmitiu tudo ("Imagine só!") àquela criança que se parecia tão pouco com ele. Divertiu-se com suas extravagâncias. Colocou-lhe na cabeça todo o repertório, descoberto nas adaptações populares em francês (*"Mon / cœur / sou / pi / re, la / nui-it-le-e jour"* de *As bodas de Fígaro*, de Mozart), que ouvia lá do poleiro. E em suas mãos ele colocou livros. O que quer que a genética diga, isso é o que eu chamo de pai. Mas o pequeno ainda não sabe, esperando a mãe e tapando os ouvidos para não escutar o barulho que degrada o amor.

À tarde eu tinha que ligar para meu filho, para minha mãe. Queria prepará-los, como se, ao lhes permitir antecipar a tristeza, pudesse atenuá-la. Precisava encontrar palavras que eles pudessem receber. Nos seus nove anos de idade, no caso do primeiro, que não sei se vai se lembrar do avô, exceto pelas anedotas fornecidas à sua memória. A ocasião em que ele o derrubou dos ombros, uma queda de 1,82 metro direto no asfalto, debaixo dos meus olhos e entre meus braços lentos demais para pegá-lo. Corremos para o hospital pediátrico, onde a enfermeira decretou que na verdade deveríamos cuidar do avô, cuja tez passava de branco a verde, alternadamente. A ocasião em que ele expulsou do tobogã uma criancinha que estava bloqueando sua descida ("Dê o fora" – protestos da minha parte). As tardes em sua casa, onde assistiam, deitados na cama com a cadela, a muitos desenhos animados, seu ódio pelos estúdios capitalistas tendo amainado com a idade. Os palavrões (denúncia da criança), os sinais vermelhos avançados (denúncia da criança), o cinto de segurança nem sempre preso (denúncia da criança), refeições com batata frita e chocolate (denúncia extasiada da criança). As fraldas que ele nunca trocava quando ficava com o neto ainda bebê. As brincadeiras infinitas com a cadela momentaneamente saída de seu torpor.

Com minha mãe, precisava quebrar os doze anos de silêncio que tinham se seguido ao seu divórcio. Eles nunca mais voltaram a se ver.

A criança traduziu para sua própria língua o fracasso do tratamento, declarando com fatalismo que os médicos não haviam conseguido. Minha mãe, depois de algumas palavras estranguladas, se calou. E voltei para o quarto onde todos dormiam. Ele estava quase que inteiramente coberto pelo edredom. Apenas alguns cabelos grisalhos se projetavam do branco. Magali e a esposa estavam como que empilhadas na cama extra. Fechei a porta, desliguei a televisão, puxei as cortinas até a metade e, através da fresta, observei a tarde cair.

É um pobre consolo, se estamos impotentes, manter uma aparência de harmonia. Eu me sentia a guardiã do sono. O dr. K. tinha dito a ele, com respeito, que faríamos conforme planejado, que iríamos dormir. E a ridícula missão que eu designara a mim mesma era proteger esse equilíbrio da melhor maneira que fosse capaz, antes que um pesadelo inevitável o rompesse.

Quando era necessário cuidar dele entre duas visitas das enfermeiras, eu abençoava sua falta de pudor no passado. Não tinha nenhuma dificuldade em tocar seu corpo ou olhar para ele, porque sabia que ele não via nenhum problema nisso. Talvez redescobríssemos ali o papel arcaicamente atribuído às mulheres; não tenho certeza. A docilidade e a facilidade que tivemos em acompanhar sua fraqueza não vinham de nossa própria competência, mas da maneira como ele sempre vivera sua vida fisiológica como aquilo que ela era. Carne, ossos e fluidos movidos por um mecanismo de desejo que só a morte poderia deter.

Pourquoi l'art est-il plein de gens tout nus? [Por que a arte está cheia de gente nua?] é o título do último livro que ele deu ao meu filho, em quem o presente provocou a habitual exclamação, "ah, vovô", arrastando o *ô* com ruídos para, supostamente, marcar tanto a reprovação quanto a negação dessa mesma reprovação, finalizada num sorriso. Seu corpo sólido de carneirinho tomava, a cada vez que via seu avô, uma posição de abertura um tanto tensa, como se ele estivesse se preparando para uma decolagem ou uma surpresa, que de resto quase nunca deixava de acontecer e provocava o "ah, vovô" ritual entre eles. Ainda me causa espanto o dia em que, preocupado com alguma coisa trivial relacionada ao meu pai (algum atraso ou o cancelamento de um almoço), meu filho respondeu que não estava nem aí, acrescentando, "o vovô não está nem aí para nada", sem que eu entendesse completamente de onde ele havia tirado essa informação capital e quase verdadeira, pelo menos verdadeira do ponto de vista de uma criança.

A nudez exibida naquele livro de introdução à arte nada tinha a ver com a que marcara minha infância. Por muito tempo atribuí a propensão do meu pai a andar nu em todas as circunstâncias a um traço geracional, representando para mim mesma os de 1968 mais ou menos como uma horda de hippies peludos, alimentando-se de drogas variadas e trepando de manhã à noite. Talvez isso fosse em oposição ao que colhemos quando atingimos a adolescência após o surgimento da aids.

Minha interpretação, sem dúvida, era também uma forma de preferir, na escala das explicações possíveis, o impudor ao exibicionismo e de atenuar a sexualidade delegando-a a segundo plano. Mas eu sabia desde muito cedo que meu pai não levaria em conta meu pudor e que eu teria que acatar a visão de seu pênis.

A vida com ele, na casa onde minha mãe se esgotava para manter uma espécie de arcabouço para as filhas, tinha para mim algo de vestiário; a espantosa extroversão de sua pessoa no barulho, na agitação e na apresentação de seu corpo me era tão familiar que eu tinha a impressão de que ela me inscrevia em sua equipe. Os esportes em que ele me arrastava atrás de si, exausta e corada, tinham a mesma cor das acidentadas viagens de carro, quando ele dava guinadas para olhar as garotas e submeter o físico delas à minha apreciação, sem perceber meu constrangimento ou sem parar por aí. Na ordem da nossa cumplicidade, aqueles rituais se avizinhavam dos livros em que a criança abandonada chorava por órfãos fictícios, falando-me deles como se nós dois tivéssemos conhecido o mesmo destino. Como se estivéssemos em pé de igualdade.

A forma como meu pai se impunha a mim nada tinha a ver com agressão. Era a um tempo deslocada, alegre e inquieta, como as crianças tristes sabem ser. E me fazia tomá-lo pela mão para viver com ele o avesso feliz da sua infância, num universo paralelo onde eu seria a versão ensolarada e amada de uma criança solitária e negligenciada.

Tudo isso criava um mundo no qual éramos nós dois contra o mundo. Ali eu era o garoto do meu pai, aquele adulto enorme e selvagem que ainda não havia, ele próprio, crescido de verdade.

O diabo está nos detalhes, dizem. Foi inicialmente em seu cansaço, meses antes, que o vimos, e que ele não queria ver. Estava nas pernas emaciadas durante o tratamento. Em sua voz cada vez menos marcada, suas feições mais suaves.

Nessa terça-feira, estava na mesa de cabeceira, no buraco formado pela ausência de livros.

Eu sabia que comigo, mais do que com Magali, ele havia adotado uma forma de se vestir que contrastava com seu impudor habitual. Sabia que não chorava na minha frente. Que se calava sobre o fato de praticamente não conseguir mais comer. Que engolia a dor em silêncio e que não conseguia mais cantar nem andar. Que estava com medo. Ele estava com medo, ele, que nunca tivera medo de nada. Não me dizia. Disse-o à filha, minha irmã, mas comigo manteve silêncio. E continuamos assim até o final. Eu não precisava que ele me contasse. Sabia disso tudo, sabia que não era mais uma vida. Ele me havia ensinado: "Não devemos viver com medo".

O fato de não poder mais ler por exaustão era para ele, sem dúvida, a coisa mais intimamente cruel e degradante. Isso atacava seu ser interior, o garoto perdido cujos únicos amigos sempre tinham sido os livros. A mesa de cabeceira, por mais que estivesse cheia de jornais, revistas, tablets e telefones, de todas essas próteses essenciais à nossa vida consumista, parecia-me então completamente vazia. Ele queria morrer; tinha razão.

Os álbuns de fotos guardados por minha mãe estão trancados em sua casa, em baús de metal. Tenho impressas algumas fotos antigas, tiradas quando saí de casa. Elas viveram presas a paredes de cozinha ou banheiros, grudadas com ímãs em geladeiras, guardadas em bolsas ou envelopes. Nunca escrevi as datas nos versos, convencida de que não esqueceria. Talvez seja um erro.

O tempo mergulhou as cores num banho misto de amarelo, laranja e marrom, com uma camada roxa por cima.

Os fotógrafos amadores, repórteres do cotidiano, fizeram um enquadramento quase sempre aproximado, um foco incerto, de modo que os sujeitos são captados ali a um tempo por um verniz de cores alteradas e por um espaço vacilante, onde seus traços são borrados e seus corpos deslocados na paisagem.

Aqui a perspectiva mostra um jardim do sul, um pinheiro, um eucalipto e, atrás, uma mesa de pingue-pongue colocada no chão, entre as agulhas e as pinhas, diante de loureiros cujo rosa se adivinha, sarapintado. Há uma rede. E na rede há um homem jovem de cabelos curtos e castanhos e, no momento, de óculos quadrados. Suas pernas se projetam de cada lado da rede, e entre elas está uma garotinha redonda de cabelos pretos cuja franja inventiva era, parece-me, o desastre capilar comum a todas as crianças daqueles anos. Os braços do homem envolvem a menina e se juntam num livro cujo título é ilegível. Os dois, suspensos no espaço pelo balanço da rede, também flutuam no tempo.

Não sinto saudades da casa suburbana onde cresci. Ela pertence à década de 1980, à qual meu pai se lançou impetuosamente, para depois se perder: trabalho; exaustão; carreira; sucesso; dispersão com outras mulheres; deserção de casa, do escritório às viagens, das viagens a hotéis adúlteros. Ele poderia, sem dúvida, ter vivido poupando minha mãe, isolando-nos, minha irmã e eu. Separando as coisas para levar a vida dupla de tantos outros antes dele. Talvez pudesse ter encontrado ali uma forma de felicidade, de realização pessoal e íntima. Talvez isso exista. Mas não aconteceu. Ao contrário, ele enchia a casa com sua inquietação crescente, humilhando minha mãe com promessas descumpridas e palavras duras, trançadas com amor e ódio, distanciando-se de nós para nos apresentar, em vez de seu rosto amoroso e desordenado, uma máscara perturbada pela culpa e pelo constrangimento. O magnífico casal que formavam meus pais, esses dois seres bêbados de música, beleza e sol, foi se desintegrando no cinza de suas mentiras, arrastando a todos nós, e ele primeiro, para debaixo de um véu cada vez mais espesso que nos mantinha juntos, mas onde nenhum de nós poderia mais dizer "nós".

Meu tempo perdido ou meu paraíso perdido é essa foto fixada no tempo de antes. Meu país perdido é onde meu pai, ainda jovem, lê histórias para mim à luz amarela do verão.

QUARTA-FEIRA

No final do século XIX, na França, o desenvolvimento das lojas de departamentos dá uma cara nova às cidades. No mesmo movimento, fornece aos escritores um precioso objeto de estudo na dobra entre a realidade crua e o potencial romanesco. Eles vão se apoderar do tempo ou, antes, da história que percorre esses edifícios onde se entrechocam a arquitetura e os materiais mais modernos, a mais recente organização do trabalho e as classes sociais em movimento, dançando, farfalhando de um andar a outro. Se recuarmos um pouco, percebemos a face maciça e quase assustadora, disforme, de um organismo em vias de se constituir. Os seres humanos se amontoam ali numa seiva enlouquecida de umidade para alimentar a monstruosa árvore de vidro e metal, para fornecer, enfim, o material a uma obra formigante e ramificada, sólida como ferro e viva como o sentimento.

Em 1889, os três irmãos Gompel, Gustave, Alfred e Adolphe, criaram na esteira desse movimento irrefreável a sociedade Paris-France. Sede social: Bordeaux. Ela se desenvolve rapidamente por todo o país, depois de ter irrigado o sul, onde espalhou belos edifícios com a insígnia "Aux Dames de France". Alguns deles estão hoje classificados no inventário dos Monumentos Históricos.

Não sei de quando data a instalação das Dames de France em Avignon. Presumivelmente do início do século XX, época em que a rue de la République era o local de passeio onde os jovens podiam se encontrar.

Instalado na esquina da rue Pourquery-de-Boisserin, o edifício das Dames de France agora abriga outras insígnias, a sociedade Paris-France foi comprada pelas Galeries Lafayette em 1985. Mas antes da data fatídica, na época das minhas férias nas ondas de calor reverberadas pela pedra branca e pelas ruas de paralelepípedos, as Dames de France eram minha loja favorita. Uma loja clara, com uma escadaria grandiosa, e, quando eu penetrava em seu recinto fresco, o cheiro alcoolizado e saturado da mistura de perfumes diversos, todos borrifados por damas elegantes no interior dos pulsos das clientes, apoderava-se das minhas narinas, da minha garganta, do meu cérebro, invadia-me com uma aparição sensual puramente olfativa. Ela sintetizava o grande mistério com o qual se confrontava, ao crescer, toda menina da minha geração e, sem dúvida, as das gerações anteriores: o da feminilidade.

Esta última tinha, para mim, a silhueta, o rosto, os gestos ou ainda o que chamaremos de "porte" das vendedoras das Dames de France, cujas gêmeas eu encontraria mais tarde nas aeromoças de terninho azul-marinho, de meias finas cor de carne e coques cobertos de laquê. Betty, a mãe da minha mãe, me levava diariamente "para passear na cidade", o que era uma formulação bastante misteriosa para alguém que morava no centro da cidade. Então, nunca deixávamos de passar nas Dames de France para cumprimentar Josette. Loira e graciosa, maquiada. Base espessa, lábios pintados de cor viva, seus olhos claros eram sublinhados com sombra verde ou azul, e o rímel acentuava a curvatura dos cílios (seriam postiços?). Uma franja, o cabelo preso atrás por uma pequena coqueteria, uma presilha de strass, uma xuxinha de veludo. Esses detalhes falavam da solidão de sua aspiração a uma realeza secreta.

Mas tudo isso não era nada perto de suas unhas, obras de arte dispostas nas pontas das mãos elegantes, que eu contemplava sem entender como ela conseguia pegar os frascos de perfume com tanta graça quando as pontas dos seus dedos se prolongavam em esculturas coloridas.

Na manhã de quarta-feira, houve apenas alguns momentos em que ele despertou, sempre maravilhado em nos ver. Mas o sono o vencia, e ele se fazia cada vez mais distante, como se fosse muito idoso. Magali e eu reconhecemos então os gestos e expressões de Betty nos meses que antecederam sua morte aos 105 anos. Sobrepunham-se a esse homem ainda vigoroso, muito mais jovem que ela; o fluido que lhe corria nas veias acelerava o envelhecimento apesar da matéria densa do seu corpo.

O jeito de esfregar o rosto ao acordar, de baixo para cima, com as mãos espalmadas e as articulações tensas. A obsessão da hora. O olhar suavemente abatido antes de engatar a pupila na nossa, com aquela lentidão com que os moradores do fim da vida às vezes regressam para junto de nós, ainda capazes, por amor, por tédio, de arrancar à sua exaustão um resíduo de sua luz interior. Para ver você, conhecer você, reconhecer você e te dizer isso em silêncio.

Ele dizia: "Ah, minhas filhas", com um sorriso rapidamente delineado, tão parecido com o dos bebês quando aprendem a sorrir, por mimetismo, em reação a você que sorri para eles, sem saber ainda o que vivenciam, pois se encontram antes da linguagem, antes da aprendizagem do sentimento, sem que você saiba se é contentamento ou bem-estar, mas para você basta senti-lo – esse sorriso é uma oferenda, um voto de fé em você e na vida por vir, ele te une ao outro dos tempos primitivos, ao primeiro rosto do que você iria ser mostrado pelo espelho, olhe para mim, tudo começa. A velhice avançada juntava-se à primeira idade naquele homem que ia morrer um pouco cedo demais.

Ele acordava, esfregava o rosto, perguntava que horas eram e sorria depressa, antes de nos ver enfim, depois fechava de novo os olhos para mergulhar no banho de morfina que afogava seu cérebro. Esses pequenos despertares, essa maneira de nos trazer a ele uma última vez, cada vez a última, antes de seu sono solitário, eu teria gostado de imobilizá-los, deixá-los suspensos no tempo, congelando-nos naquele quarto úmido, no limiar de sua morte. Teria gostado de aproveitar o momento do modo como tentamos, quando crianças, apanhar a poeira que dança na luz e nunca, nunca toma forma nas nossas mãos, para conservar perto de mim o olhar do meu pai.

Na noite de seu fim, seus olhos estavam atravessados por um brilho pejado de promessas e incógnitas. Eles me evocavam o olhar perdido no fundo do tempo que meu filho, achatado sobre meu peito, ergueu para mim ao nascer.

A cozinha da minha avó era bastante frequentada por sua irmã Rose, que era o oposto dela em todos os aspectos. Rosette (era assim que todos a chamavam) havia saído da Argélia "com uma mão na frente e outra atrás", como dizia, com a independência, bem depois de minha avó, que chegara a Avignon no final dos anos 1920. Ela havia, sem dúvida, puxado à mãe espanhola, que mais tarde descobrimos ser marrana, de físico rechonchudo; morena, peito forte, olhos ardentes, lábios vermelhos, Rosette era a ilustração perfeita do que chamamos de personalidade vulcânica. Suscetível, exaltada, ela brigava com os homens que a desrespeitavam e às vezes lhes rogava pragas. Xingava em espanhol e árabe, lia borra de café, tricotava maravilhosamente centros de mesa, gorros e apoios de cabeça que empilhava em casa, entre imagens religiosas e bibelôs de vidro. Uma vez ela me deu um longo colar, uma das minhas relíquias favoritas. Nunca segui suas recomendações à risca: o colar, sendo de latão, tinha que receber regularmente um "banho de ouro". O mistério dessa operação, como que saída da Antiguidade, me encantou. Ignoro se há joalheiros que banhariam meu colar em ouro, mas gosto de imaginar o colar fosco emergindo brilhando de um pote no fundo de uma oficina precária mantida por algum mago capaz de ressuscitar quinquilharias antigas.

Quando ela nos visitava, a tagarelice vigorosa de Rosette se elevava acima dos odores de suas provisões embaladas em cestas de vime. Ainda hoje ouço suas histórias, vejo seus olhos pretos. Ela descreve seu primeiro baile, ainda jovem, na Argélia, para o qual fora convidada por um rapaz charmoso que acabou por se revelar um gigolô – "Um cafetão! Meus irmãos se deram conta! Felizmente! Ele queria me mandar para a calçada, só tinha puta, ali!".

Quando eu tinha treze ou quatorze anos, Rosette, depois de me abraçar vigorosamente, apertando meus ombros com suas longas e belas mãos, recuou um passo para me observar. Então agarrou de súbito meu peito nascente com as duas mãos, "para examinar", rebatendo os protestos de minha tímida e gentil avó, com um "tá bom, vamos ver. Está crescendo".

É a ela que minha avó deve a salvação, à irmã mais velha, esse fenômeno meteorológico que adentrava pela manhã num frisson de tecido roçando a pele. Adivinhando-a maltratada (esfomeada, explorada, espancada) na casa do padrinho para onde a haviam mandado depois de seus anos de orfanato, pressentindo também que a pequena, sem dúvida, nem mesmo tinha consciência disso, já que não conhecia outra coisa, ela sussurrou em seu ouvido: "Fuja". Assim, Rose, conhecida como Rosette (que tinha, segundo ela, habilidades de bruxaria), deu início ao movimento através do qual sua irmã Albertine, conhecida como Betty, embarca para a metrópole, encontra seus irmãos enviados para lá com as tropas, encontra o amor na rue de la République na pessoa de um burguês de grande coração, letrado e íntegro como a justiça, e acaba, depois de muitos escândalos e da morte de um bebê, vivendo em família, criando pacificamente seus filhos, a última dos quais, a que se parece com ela, é minha mãe.

Ela não é alta, deve ter no máximo 1,60 metro. Cabelos compridos e lisos, grandes olhos amendoados de um verde cambiante, maçãs do rosto salientes, tem no corpo essa mistura de origens, essa variada seiva quando, por parte de seu pai, as peles são leitosas, enfermiças, um pouco oleosas. O nervosismo das pernas compridas e a delicadeza dos tendões, a tez azeitonada, a eletricidade por toda parte, isso minha mãe herdou de Betty e de Rosette, essas mulheres do fogo que dorme, num dos casos, e do braseiro que se inflama, no outro. Pouco depois do casamento, ela foi procurar o sogro na saída do pensionato Saint-Nicolas. Os moleques que o povoavam, boquiabertos, não podiam deixar de perguntar a ele como era possível, como tinha acontecido de seu filho ter uma esposa tão bonita. Ele riu, inflado de orgulho, feliz com aquela nora caída de um céu tempestuoso e alegre, cujo riso trespassa as paredes e cujo desespero às vezes engole as paisagens como se de repente elas tivessem derretido.

O homem encarregado de trazer as bandejas com as refeições ainda entra no quarto. Sempre pede licença depois de bater, sua voz morre no fundo da garganta, o busto se dobra sobre si mesmo, ele flutua dentro do uniforme, põe na mesa um iogurte, uma compota, um caldo, antes de se retirar recuando, como se estivesse se encolhendo na blusa e na calça de algodão escuro. A simplicidade com a qual ele age não consegue disfarçar seu embaraço. O paciente vai morrer. Não se sabe quando, isso não se planeja. Não é possível eutanasiar, dar a injeção, administrar o coquetel que mata, não temos o direito de fazê-lo. Então sedamos, "uma sedação prolongada e contínua", e esperamos a morte. E enquanto o paciente estiver vivo continuamos vindo, por respeito a ele, a nós, continuamos trazendo a bandeja em que ninguém toca. Ele lamenta tudo isso, não diz nada a respeito, mas é traído por seu rosto, enrugado de desconforto, e, sempre recuando, desaparecendo atrás de seu uniforme, ele murmura uma ou duas palavras. Agradecemos, bebemos as garrafinhas de água, faz sempre tanto calor neste quarto, o sol chove, sentimos a luz por trás das cortinas, debaixo da janela uma serra, ruídos de motores e, às vezes, discussões, uma pausa para o cigarro, o riso das enfermeiras.

Se nos voltarmos para a janela, podemos ver em sua borda duas fotografias. Uma do meu filho, uma foto comum de escola que é possível deslizar para dentro da carteira e na qual ele sorri. Como queria estar elegante, usa jaqueta e camisa. Olha diretamente para a objetiva, as costas retas. A outra fotografia é uma obra de arte. É um retrato da cadela feito por minha irmã. Para vir ao hospital, ela pegou sua câmera como os outros levam seus documentos de identidade. A chegada de uma fotógrafa na família é algo que reduz as fotografias do cotidiano à categoria de traços desajeitados de amor. A cadela ao lado do meu filho parece um rei espanhol.

A esposa deixa o quarto por um instante. Magali, até então imóvel, pega sua câmera. Ela havia perguntado a ele, dois dias antes, se poderia tirar uma foto sua dormindo. "Mas é claro, minha querida!"

Em silêncio, ela desliza de um lado para o outro em volta da cama de onde se projeta a cabeça depenada com um braço. Ele está deitado de lado. Ela circula em torno dele, estende os braços, se debruça sobre ele com o corpo alto, quase tão alto quanto o do pai, e os cabelos compridos. Num equilíbrio de autômato, com essa ciência dos gestos em que já não pensamos, essa ciência do corpo artesanal, ela se aproxima do crânio, das mãos, quase como se fotografasse um pássaro. O ruído de suas calças largas, o roçar de seu corpo, tudo se choca com a densidade do quarto.

Munida de sua câmera, calcada em anos de prática e nas camadas de introspecção que seu olhar vem recolhendo desde nossa infância, quando ela observava tudo, Magali realiza um ritual antiquíssimo. Em silêncio, acompanho-a com o ritmo do meu sangue pulsando nas têmporas. Ela dança com a morte dele. Envolve-o com seu olhar gentil. Faz o que é possível fazer. Devolver um pouco do que foi dado. Amar, guardar, conservar perto de si, perguntar se pode tirar a foto, humilde pedido de férias, de fim de semana, da criança a quem foi oferecida a câmera de brinquedo e que imita o adulto alto e sólido que metralhou sua prole a cada verão, "Espere, não se mexa, fique aí. Não, não, chegue mais perto da sua irmã. Ah, este troço não funciona, espere, estou te dizendo para não se mexer, ah, não é possível, espere… espere… Mas é para sorrir, sua boba! Caramba!".

No quarto quente, onde transpiramos a espera, ela dança e ele dorme. O diálogo deles é mudo, adivinho-o da minha cadeira, ela quer saber se ele pode ficar perto dela um pouco mais agora. "Claro que posso, querida, posso ficar, sim."

A fotografia foi tirada de longe. A distância que ela mantém dos personagens é duplicada pelos filtros através dos quais chega até mim hoje: scan, WhatsApp. Ela me foi enviada pelo "desertor", um dos camaradas de maio de 1968 que fugiu da França para escapar ao serviço militar. Mora hoje no Canadá, onde é escultor, ceramista e fiel aos ideais de seus vinte anos.

Eles estão na Tunísia, em 1971, o primeiro ano em que meu pai esteve lá como enviado. Entre as dunas, avista-se uma poça em que um dos personagens brinca, sentado e meio retorcido para caber nos poucos centímetros de água. Seus rostos não são nítidos. Ele se agita na água. Alto, magro, engraçado. Atrás dele, o desertor com seus cabelos compridos. Mal consigo ver uma mulher sentada, sem dúvida, sua amiga Monique. Ela encontrou meus pais lá, na época dos seus 25 anos. Estava acompanhando o marido, enviado ele também. Às portas do deserto, minha mãe e ela, que se tornaram amigas para o resto da vida, davam secretamente a pílula para as mulheres da aldeia que não aguentavam mais. Na foto, estão todos plenos dessa vida que se ignora. É a beleza dos corpos jovens, a carne gloriosa, o tempo que virá.

A casa é atravessada pela luz, no alto de um jardim de onde se pode ver o oceano. Agora Monique envelheceu, seus cabelos encaracolados estão grisalhos, mas a alegria do timbre de sua voz e a simpatia de sua juventude permanecem. Sua voz aguda repousa sobre um fio de entusiasmo, uma promessa de diversão. Ela colocou os pratos na mesa da sala, toalha azul-escura com padronagem amarela. Estende uma fatia de torta de damasco com amêndoas, oferece um café, sorri. Às vezes revira os olhos e assobia, rindo, ao dizer que meu pai, sinceramente!

De origem modesta, Monique não foi destinada aos estudos. Aprendeu o ofício de cabeleireira. Porém, vivendo naqueles pátios onde as baratas eram tão grandes que era possível ouvi-las andar à noite, entre jovens cabeludos que a faziam correr pelas dunas, ela ousava sonhar-se em outra parte e estudar. Suou por longas horas durante as aulas de matemática ministradas por meu pai. Apesar de uma incompetência incomum na matéria ("Nada a fazer. É genético, ou algo assim. Ela não entendia nada de números, nada mesmo (risos), ah, igual à sua mãe, não é?"), ela obteve o bacharelado. Quando ele se pôs bonito para ir se casar na França, foi ela quem lhe cortou o cabelo.

Seis meses após o início de sua doença, ela ligou para ele. Não se falavam havia anos. Ela ligou para ele. Era uma idiotice, não era?, não se verem mais, havia coisas tão vivas entre eles, a juventude, a areia das dunas, as lagartixas, o pátio dos seus apartamentos e suas peles assadas ao sol. Antes que aquilo se perdesse. Algumas semanas depois, ela morreu subitamente e ele não soube o que fazer, mandar flores ou outra coisa qualquer.

Ele está um pouco torto, a boca aberta, os olhos fechados. Nós esperamos. Não sabemos como acontece. Sentimos o que acontece. Algo avança, arando o corpo.

O corpo resiste. Ele respira, se retorce, evacua a química, respira, de novo e de novo, ruidosamente. As mãos emaciadas repousam sobre a barriga inchada. Ele respira cada vez mais forte. Às vezes a respiração faz ruídos altos. Nós nos calamos. Escutamos o evento se aproximar sem pressa, pois para ocorrer ele deve passar por uma luta entre o que se vai e o vivente que permanece. Para que ocorra, é preciso deixar escorrer aquelas horas em que a vida cumprimenta a morte com relutância. O vivente em meu pai, esse grande tônico, não deixa barato. Isso tem um nome: agonia.

A parte superior da cama está inclinada para que ele descanse em posição sentada, para que possamos limpá-lo, o nariz, os lábios que deixam vazar secreções espessas, enxugar os vômitos esverdeados pela química que seu corpo inerte projeta com energia. No início, essas manifestações nos deixaram estupefatas, assustadas; então, Babette entrou.

Babette é enfermeira, tem bastante cabelo, pele muito escura, o olhar suave, faz sempre o que precisa ser feito por ele e por nós. Limpa, endireita, enxuga, aspira com a mangueira, mesmo que não dê certo, volta a aspirar quando transborda, inclina-se com suavidade sobre o corpo que manipula como se fosse o repositório de um antigo conhecimento, faz isso por ele, por nós, por ela, pela espécie humana que se recusa a deixar seus semelhantes morrerem como cachorros, sozinhos, doloridos e assustados, mas os acompanha cuidando deles, segura sua mão, massageia-os, enxuga os fluidos, acaricia a face, lava as manchas de sujeira. Conscientes ou não, enquanto estivermos vivos ainda vivemos. Babette sussurra para mim, antes de sair, que também passou por isso com sua mãe. Aperto seu braço na altura do cotovelo.

Na cozinha, os olhos de Betty ainda são amarelados. Mesmo na velhice avançada, mantiveram sua beleza. Suas mãos estão ocupadas, cortam alho, espalham farinha, esfarelam pão, separam as folhas de alface, recolocam no lugar um, dois, três anéis entre os quais um pouco da mistura escorregou, amarram e desamarram o avental e com frequência dão tapinhas nos objetos para parabenizá-los por terem cumprido seu dever, alisando-os com a palma da mão, como fariam com um cavalo de corrida.

Ao contrário de Rose, ela não tem sotaque *pied-noir*, foi embora muito jovem. Tem sotaque provençal, cantarola sem parar, de um cômodo a outro. Na cozinha, onde alimentou montes de filhos, os seus, os amigos que não queriam ir para casa, depois os descendentes, ela não para quieta. Conta, repetidas vezes, as histórias da família.

"Sabe, seu pai, como ele estava na Tunísia, pegou o barco para vir ao casamento. Tinha se arrumado para vir nos ver. (Ouve-se uma ária.) Sabe, ele se preparou porque seu avô não era qualquer um, né, ah, não. (Mãos unidas.) Santa Verônica, como aquele homem era gentil, você nem imagina, desejo que você conheça a felicidade que eu tive. (Suspiro.) Então ele chegou todo elegante, todo feliz, mas… a onda bateu nele! A onda, no barco! Ele tinha se esforçado, tinha cortado o cabelo, foi a cabeleireira, como é mesmo o nome dela? Monique, é isso, foi Monique quem disse a ele: 'Não dá para você ir assim', felizmente ela pensou nisso. Mas o coitado, com a onda… estava cheio de sal! Todo duro! E além disso, quando ele se arrumou, no dia do casamento, estava usando uma camisa bonita, estava tão desacostumado a usar essas coisas que deixou a gola de papelão dentro dela! (Risos.) Coitado, sim, ele não sabia. O que você quer. Ele também não recebeu educação, não é culpa dele. Não ter mãe é difícil – ela não sabia fazer o papel dela, eu me lembro de quando você nasceu, ela veio, te pegou, parecia que estava com um pedaço de pau na mão. Não, ele não sabia, o coitado, ah, quando eu vi ele, de cabelo comprido, disse a mim mesma… afinal das contas ele era gentil, compreendi isso. No dia do casamento, eu disse ao seu avô: 'Olha, Pierrot, ele fez um esforço com a camisa'. E além disso seu avô achava que ele era inteligente, isso sim, meu Deus, aquele menino sabia muitas coisas! Então estava tudo bem, fazer o quê. Tadinho."

Ela enxuga as mãos no avental, caminha lentamente em direção ao pátio interno do apartamento em ruínas onde acumulou décadas de objetos obsoletos ("Nunca se sabe, pode ser útil, são coisinhas que precisam de conserto"). Há espremedores de roupa, uma coleção de forninhos elétricos, travessas de ferro fundido, moedores de café, máquina de lavar e um monte de coisas que mal consigo identificar ("Não é nada, são ninharias"). Ao fundo, duas geladeiras dos anos 1950, com puxadores grossos e seu branco fosco. Ela guardou ali pilhas de jornais para jovens, que na época eram chamados de "ilustrados". Moças simples e meigas, de cintura fina, saias macias, sapatilhas pretas nos pés, sonham ali com o amor, excitadas por rapazes de cabelos escovinha e pele coberta de sardas.

Numa manhã de 1978, minha mãe sai em prantos do nosso apartamento parisiense. Recomeça a trabalhar, deixa sua filhinha com quem quase morreu, a filha cuja respiração ela observou todas as noites até a exaustão, seu amor louco que manteve constantemente perto de si como que para compensar o mau começo, para conjurar a ausência dos primeiros dias, a angústia e o terror, para impedi-la de se tornar mortal, até a loucura de observar a respiração, a temperatura, a organização de um interior protetor e estável, longe de acidentes e hemorragias. "Não se engane, bobinha, a fusão era com você. Sua mãe era louca por você, não dormimos durante três anos, ela se levantava o tempo todo, dizia: 'Acha que ela está respirando?', e você, de repente, bom, você chorava. Normal. Que loucura."

Ela me deixa atrás da porta, onde devo estar berrando, desce para o estacionamento que a assusta. Lá embaixo, uma mulher foi estuprada e morta. Ela pega o carro para ir até Essonne, onde acaba de ser contratada. É preciso trabalhar, eles não têm dinheiro suficiente, contam os centavos para me alimentar, e dos dois quem tem mais estudo é ela. Depois de uma escolarização muito indisciplinada, revelou-se na universidade pública, onde fez o curso de psicologia. "É certo que, se eu não tivesse conhecido sua mãe, ah, eu estaria, sem dúvida, num *ashram* na Índia, completamente chapado (risos). Ou então jogando cartas, quem sabe." Por amor, ele a seguiu até uma vida sólida onde podia se construir, criar as filhas e, enquanto ele remexe em cartões perfurados nos porões da UAP, algumas horas aqui ou algumas horas ali, ela consegue um bom emprego. Ela é quem nos alimenta.

Nesse novo capitalismo em plena expansão, auxiliados pelo desenvolvimento da administração informatizada dos dados da qual meu pai e seus amigos calçados com tênis são artesãos, os departamentos de recursos humanos substituirão em breve os departamentos de pessoal. Eles precisam de mão de obra. Minha mãe ficou emocionada com a mulher alta, bonita e loira, uma das primeiras diretoras na distribuição em massa, ela própria natural de Épinay-sur-Orge, que a entrevistou e depois a contratou na loja de Athis-Mons para fazer recrutamento.

Todas as noites, quando ela chega em casa, corro até a porta e grudo em suas pernas. Ela sempre volta com uma coisinha qualquer para mim. Isso lhe recorda que todas as manhãs, no elevador, ela chora. Mais tarde, durante o dia, ela deixa cair lágrimas sobre a coisinha que comprou na loja, ela olha, está tudo bem, é para nós duas. Um bicho de pelúcia, alguns lápis, qualquer coisa, quando ela entra, põe o que quer que seja nas minhas mãos, no lugar do lenço onde tinha colocado três gotas do seu perfume. E todas as tardes, com o rosto colado às suas panturrilhas, eu a perdoo por ter me deixado, de maneira dura, com o coração batendo muito, porque cada ausência é como no início da minha vida. É a morte.

Alguns anos mais tarde, minha mãe vai nos levar a todos para o subúrbio, para uma linda casa longe do pequeno apartamento na área de habitação popular da minha infância, seu estacionamento perigoso e seu bairro operário.

Diz-se que o desenvolvimento dos hipermercados, herdeiros modernos e superdimensionados das lojas de departamentos, deve-se à conjugação de vários fatores, entre os quais o aparecimento, nas décadas 1950 e 1960, dos eletrodomésticos, em particular das geladeiras. Se podemos armazenar comida por vários dias, então podemos fazer compras para vários dias, ou seja, comprar mais e com menor frequência. Acrescente-se a isso o desenvolvimento do uso do carro nesses mesmos anos e vamos dar quase que naturalmente nesses espaços gigantescos, onde encontramos de tudo. Tudo menos vendedoras, já que aqui a gente se serve por conta própria.

Em 1963, o primeiro hipermercado, da rede Carrefour, é inaugurado na França, em Sainte-Geneviève-des-Bois.

Em 1968, a empresa Euromarché é criada não muito longe dali, em Saint-Michel-sur-Orge, e, em 1971, o primeiro hipermercado Euromarché abre as portas em Athis-Mons, ainda em Essonne, não muito longe de Évry, uma das cinco grandes "cidades novas" sendo desenvolvidas em torno de Paris. O arco de construção de Évry começa em 1965, sua parábola vai até 2000, quando um decreto ratifica o fim da construção, comanda a criação de bairros e o encaminhamento de seus habitantes, uma igreja, uma mesquita, uma catedral, um pagode, uma linha de RER, um centro comercial, grandes escolas, o Genopole, a segunda loja Ikea da França. E a eleição da Miss França 1976 no salão de espetáculos do centro comercial, Les Arènes.

Imagino a nossa instalação em Essonne, esse lugar pioneiro do transporte fluvial e depois ferroviário, esse ninho de aeroporto, cidade nova, hipermercados e centros comerciais, como uma daquelas setinhas que aparecem nos mapas das batalhas, o confronto de forças opostas. Meus pais, de mãos dadas, são solidários no esforço, soldados de infantaria de uma sociedade que se precipita no consumo. Eles a ajudam em seu trabalho enquanto se submetem a ela, que faz com que desfrutem de sua prosperidade ao mesmo tempo que os aliena – carro, horários, compras de sábado, exaustão, ausências e, quando chega a crise econômica dos anos 1990, crises e depressões.

Sentada de pernas cruzadas no tapete, Magali assiste a um desenho animado com pôneis policromados de longas crinas, cujas cavalgadas projetam arco-íris. Com as mãos gorduchas, ela agarra os dedos dos pés através das meias-calças cujo fio às vezes puxa, de boca aberta, pescoço rígido, queixo erguido para a televisão, de onde sai uma canção qualquer. O cachorro nas minhas canelas, subo as escadas em busca dos pais que já não ouvimos. Na escuridão de seu quarto, meu pai está sentado na beira da cama, a cabeça enterrada nos ombros. Minha mãe esfrega a mão nas costas dele, sussurra alguma coisa. Ele chora profusamente. Afastam-me. São histórias de adultos.

É necessário demitir, o grupo de informática em que ele trabalha manda gente embora para valer. Estamos na década de 1990, ele continuou sua ascensão e agora faz parte da supervisão, aqueles que devem realizar o que então se chama "*charrettes*", esses pacotes de pessoas mandadas embora uma após a outra. Temos a casa, as atividades, o conforto. E na ponta da cadeia, pessoas como ele, de origem humilde, sem armas para se defender, ejetadas do tabuleiro. Ele tem os estudos para suas filhas, a segurança para sua família, o orgulho de seu sucesso. Do outro lado, estão os seus, que a economia em processo de desregulamentação acelerada está mandando para o ferro-velho e do qual ele é o braço armado. Seu avô sapateiro, seus primos funcionários das ferrovias, dos bondes, estivadores, a tia-avó anarcossindicalista chamada Liberté, os operários na olaria. Monique, a cabeleireira que virou assistente social. Há os seus e, com eles, a minha família, que às vezes chamam de "gente pequena" (ele dizia "gente de pouco"). Meu avô paterno, trapezista cômico, e o ramo proletário do lado materno, essas mulheres de calor e resistência, Betty, Rosette. Sua presença radiante reinou em minha infância. Seu império feminino, suas canções, sua alegria, seu orgulho. Para o ferro-velho.

Um pouco mais tarde, ele tem sorte. Um bom emprego, numa "boa companhia", onde tratam bem as pessoas, onde fazem coisas úteis (lentes para óculos). "É simples de dizer e difícil de fazer. Não explorar ninguém. Não ser explorado por ninguém. Está vendo, mocinha? Não esqueça."

Desde que começou a trabalhar ali, ele recuperou seu orgulho. Com seu exército de cientistas da computação, protege o *know-how*, as patentes, o legado de anos de pesquisa e artesanato que se transformou em indústria, e no pub onde assistimos a uma partida de rugby, ele demonstra a solidez dos óculos batendo-os vigorosamente na mesa, como um camponês acabaria com um gatinho. O garçom olha para mim, com um aceno de mão digo a ele que está tudo normal. Está tudo normal para nós, digamos.

Nunca vi meu pai tão desesperado como naquele dia em que, no escuro, contou à minha mãe sobre as *charrettes*, as pessoas que choravam em seu escritório, onde ele se perguntava o que tinha acontecido, o que tinha feito, como tinha chegado a esse ponto – à exceção do dia em que enterrou seus pais. O enterro da sua mãe, cuja ausência se fechava para sempre sobre seus filhos, foi frio e silencioso, ao contrário do de meu avô, um ano antes. A cerimônia maluca beirava a catástrofe em todas as etapas, desde uma oração pagã em que eu evocava as nove musas sob o olhar irado do padre até os funcionários da funerária que por pouco não derrubaram o caixão, passando por um intrépido organista que massacrava Bach diante de um público em grande parte composto de músicos. E a tristeza que se apoderou de nós era à imagem dele, barroca e alegre, cheia de canções e recordações, de risos frouxos. Ainda guardo a imagem do meu pai completamente bêbado, amparado por suas três mulheres, minha mãe, minha irmã e eu, rindo e chorando ao mesmo tempo por aquele homenzinho incapaz de desposar o infortúnio e a quem a morte caía tão mal.

QUINTA-FEIRA

O grande pegou sua mão, aperta um pouco demais. Ela é dura, a mão fina do irmão, tem um nervosismo que é passado a ele na ponta dos dedos. Levanta a cabeça, o grande parece muito alto, com seus longos cílios, seus olhos verdes. É magro.

O pequenino abaixa o queixo, olha a barriga macia, infla e contrai, infla e contrai. Os olhos verdes caem sobre ele, os olhos de raiva, então ele ergue para o grande seus bons olhos de vaca, seus olhos castanhos, grandes, úmidos. O grande sorri. O pequenino se cansa, senta-se na calçada, brinca com as meias de lã que o arranham, tira um suspensório, depois o outro, pega um pedaço de pau, incomoda um inseto. O grande está imóvel. A irmã se ocupa como sempre, pula, canta, gira, dá cambalhotas, suas mãos estão sujas. Ela olha depressa para ele, de cabeça para baixo, os grandes cachos pretos pendem, mais parecem um novelo de lã, ele inclina de leve a cabeça para chamar a sua atenção, ela ri. Ele esquece o inseto, que tenta uma rápida camuflagem nas ranhuras do paralelepípedo. A irmã tem cheiro de pão, agita-se, ele curva os ombros, se estica, os olhos verdes o fulminam, mas ele está cansado, cola a orelha no chão como os indígenas. Vê os sapatos.

Na aleia onde esperam, a ponta envernizada dos escarpins brilha ao sol, ele aperta os olhos, os passos ressoam e logo vem o perfume, a voz que canta. É quinta-feira, ela veio, o pequenino se joga na saia com cheiro de lavanda, aperta a panturrilha. Ela se inclina, acaricia a cabeça dele, cumprimenta o grande, que a observa, rígido em seu silêncio, a irmã sorri com seus olhos de carvão, ele brinca com as meias da mãe, a costura, na parte de trás da panturrilha, ele vira para um lado e para o outro, cola a bochecha na fibra para esfregar a carne de esponja, passa a mão nos sapatos, ela lhe diz que isso não é higiênico, o rosto da mãe abaixado sobre o dele lhe traz calor. O sol.

Uns cinquenta anos mais tarde, estamos de preto, minha mãe, minha irmã e eu. Procurei uma roupa que mascarasse minha ausência de tristeza.

Na sala do crematório, eles se sentam na primeira fila. A mais velha, a irmã, o caçula, que agora tem pelo menos duas cabeças a mais que elas, que parece ter o dobro do peso, com seus ossos grandes e suas mãos enormes de labuta e falta de jeito. Meu pai. Veste seu terno cinza, um daqueles que íamos comprar aos sábados na loja de descontos do subúrbio, numa rua perto da escola. Com uma camisa branca e uma gravata. Na mão ele segura uma folha de papel. O irmão tem a cabeça baixa. A irmã chora em silêncio.

Ele se levanta, toma seu lugar em frente ao caixão, seu corpo grande transborda da perspectiva, ele pigarreia, sua voz treme, ele fala com ela, colocada dentro da caixa. Ele diz um buraco. Diz que cresceu sem ela, que sua infância era aguardar o dia em que ela viria. Que ela era a visitante do dia sem escola, e que desde então sua vida foi uma longa quinta-feira na qual ele esperava pela mãe. Que ele a ama e que ela passou por sua vida.

Agora só resta o corpo. Nós nos colocamos ao redor dele, uma de nós na cadeira, outra na cama. Sua esposa às vezes chama alguém para limpar, para aspirar mais uma vez; ela quer vê-lo cuidado, mais uma vez, sempre.

A respiração é forte, pontua o ritmo dos movimentos que levantam a barriga, o torso. O vigor. Essas ondas de energia esbarram na imobilidade, no mármore do corpo deitado na cama, e seu rosto rejuvenescido, os olhos fechados.

Não sabemos, se nunca vimos, o quanto o fim da vida se assemelha ao começo. É uma explosão abafada na noite. Você não é mais do que um lume bruxuleando na grande corrente. Ela avança, faça você o que fizer. Eu observava meu pai, inerte, mas, apesar disso, animado. Ele estava trabalhando. Suas grandes mãos imóveis, as panturrilhas que saíam do lençol e o pregavam à cama, enquanto em suas entranhas se travava uma batalha cósmica, entre faíscas elétricas vindas do fundo dos tempos e cujo entrechocar produzia ruídos cujo eco nos chegava pela respiração que arava a sala, perfurava o dia, traçava sulcos, ainda se opondo, ainda vigorosa, fazendo face ao mundo e ao tempo. Ele estava trabalhando em sua própria morte. É que a vida que passa custa. Quer esteja surgindo ou se retirando, ela atravessa a carne e os ossos. Dá trabalho.

Bob e Dina eram uma dupla de cantores e instrumentistas que faziam a turnê dos cassinos. No litoral ou no interior, vemos os rostos deles em pequenos cartazes dos anos 1950. Gravaram alguns discos, lembro-me até de tê-los ouvido um dia no rádio. Ele, baixo, cúbico, uma espécie de Tino Rossi vindo de Liechtenstein. Ela, bonita, cabelos ondulados, um físico a meio caminho entre uma atriz de cinema e a rainha da Inglaterra. Olhos verde-claros, corpo esguio, pianista experiente, voz de soprano coloratura. Um rouxinol que fugiu da gaiola. A mãe do meu pai, que sempre tive dificuldade em chamar de avó.

Suas visitas eram raras, e íamos vê-la no máximo uma ou duas vezes por ano, no pavilhão dos subúrbios de Orléans onde os dois velhos saltimbancos acabaram se aposentando. Uma sebe de cedros, a grama cortada no jardim da frente, uma sala ampla com uma porta de vidro e, no meio, um piano de cauda. Ela nos recebia com cortesia, pequenos canapés, vinho do porto, rabanetes. Bob havia posto a mesa, junto com os copos de cristal e os talheres. Ela era elegante, usava presilhas de lantejoulas, que colocava sob as orelhas para prender os cabelos grisalhos como numa rede. As duas mãos fortes cruzadas sobre a barriga, ela nos beijava apressadamente, recebia notícias sem chegar a assimilá-las. Confundia nossos nomes. Depois, como ritual de boas-vindas, tocava um dos estudos de Chopin que estudava para manter a forma. Aplaudíamos a performance.

Era difícil para mim imaginar a velha senhora esbelta e coquete como a estrela do *music hall* que ela havia sido. Além disso, amá-la me cansava. A dor em que cada uma dessas visitas mergulhava meu pai partia por demais meu coração. Ele acabava sempre por se abstrair, afastar-se, pegar um livro ou adormecer no sofá, enquanto minha mãe ouvia o marido lhe falar de seus problemas de saúde, e nós respondíamos com dificuldade às perguntas que Dina nos fazia, principalmente acerca da nossa formação musical. Os regressos de carro eram tristes e entediantes.

No entanto, Dina, que por muito tempo considerei uma vilã de contos de fadas que abandonou os filhos, certo dia me disse uma frase decisiva, e sobre a qual desde então tive o cuidado de me debruçar com mais atenção, tentando, na medida do possível, deixar a dor dele fora da conversa: "Eu nasci mulher cedo demais. Deveria ter sido homem".

"Ah, minhas meninas" – a pontuação de nossas horas passadas não seria mais pronunciada. Eu observava os lábios finos, a boca de onde só o que saía agora era a ventilação do mecanismo interno. Mesmo que ele ainda estivesse ali, perto de nós, mesmo que pudéssemos tocar sua pele, apertar seu ombro, eu nunca mais ouviria a voz do meu pai, aquela irrupção que brotava como quando alguém entra em cena, o modo como falava, assobiava, cantava, comentava tudo com exclamações expressivas e moduladas, ou mesmo, com aquele filete imperceptível, mas sempre presente, quando suspirava de cansaço ou de tristeza.

Ele cantarola enquanto lê, de boca fechada. Devo ter dez ou onze anos, sentada na sala, pernas cruzadas, um livro sobre a mesa de mármore. No sofá, ele acaricia com uma das mãos o cachorro, que baba. De repente, interrompe sua melodia. "Sabe, a genética, você vai estudar na escola. É incrível. (Pausa dramática.) Explica tudo." Ele se remexe no sofá, isso incomoda o cachorro, que se vira, se enrosca, abre um olho cansado. "Por exemplo. Você se tornou míope. É porque sou míope. Bom, mas isso não é suficiente. Sabe os cromossomos? Já te expliquei. Existem genes dominantes e genes recessivos, esses são mais fracos, perdem para os outros. A miopia é recessiva. Isso significa que se sua mãe, que não é míope, tivesse dois genes dominantes, você não poderia ser míope. Então ela tem um recessivo e um dominante, porque o pai dela era míope e passou o recessivo para ela, mas como também tem um dominante ela não pode ser míope. Entende?" Eu não entendia, não.

Reconstruí mais tarde, com a escola, o modo como ele havia anunciado. Mas o resto da conversa me interessou: "Veja, com os grupos sanguíneos é a mesma coisa. Existe o fator Rh. Positivo/negativo. Dominante/recessivo. Ora, eu sou B-, sua mãe é A-, e você e sua irmã são ambas (grande excitação) AB-. Super-raro, sabia? Então tenho praticamente certeza de que vocês são minhas filhas. Não é preciso verificar".

Não é preciso verificar, "ah, minhas meninas", eu me lembro.

A hora é grave, ele nos convocou. Solene, espera-nos no café, minha mãe silenciosa ao seu lado. Ele se esforça para falar, as lágrimas amarram sua garganta, ele sopra, num soluço: "Meu pai não era meu pai", acrescenta que nosso avô não era nosso avô. Não dizemos nada, as lágrimas correm pelas faces da minha irmã, ficamos ali, sentadas nas cadeiras do café. Minha mãe pega suas mãos. Articulo que meu avô sempre será meu avô e me calo, não é essa a questão, no fim das contas, deixe de ser malvada.

Dina disse a ele pouco antes de morrer. Ela também o convocou da cama do hospital onde o câncer a matava. Ele se inclinou suavemente para lhe sussurrar palavras de amor, ela sussurrou para ele que seu pai não era seu pai, que ela ignorava de quem fosse, de qual amante, de qual encontro. Ofereceu-lhe uma última dor.

Então entendi seus discursos sobre os grupos sanguíneos e sua constante busca de semelhança ("Ela se parece comigo, né? Meu retrato!", quando as fotografias confirmam que eu era, antes, uma cópia exata da minha mãe). Sua primeira filha, sua menininha, seria como ele, mas na versão desejada e depois querida, não naquela que tentamos "fazer passar", como se dizia. Ele iria me cercar com todo o seu amor, não apenas de pai, mas também de genitor. Confusamente, sobrecarregado com o segredo de seu nascimento, que intuía sem conhecer, ele quis ser um pai completo, tanto na ordem da sociedade quanto na da genética. Fez o melhor que pôde, aos trancos e barrancos, com os meios dos que se edificaram na dúvida.

Ela devia temer o peso das almas e se aliviou nele. Ao rasgar a ambiguidade sobre a qual ele tricotara sua vida de criança, depois sua identidade, ela o fez morrer junto. Desde então, eu a odeio com um ódio compacto.

A vida, as escolhas, as improvisações difíceis, o passo a passo, os esforços, a preocupação de não saber quem se é e onde se encontra seu lugar haviam dado início ao trabalho. A dificuldade de criar filhos, a corrupção lenta da idade adulta, a da sociedade. A década de 1980, sua corrida competitiva pelo sucesso, pelo conforto, a supervalorização da sedução e do desempenho social e sexual, em que os pequenos desertores como ele se viravam com sua coragem e sua força de trabalho desumana, tudo isso corroera sua vitalidade de besta desejosa. Ela desferiu o último golpe, bem seco, logo atrás da nuca.

Não acho que minha mãe tenha sonhado sabiamente com os casamentos que lhe contavam nas revistas, naqueles tempos em que se domesticava a sexualidade das moças, em que se prometia a elas, como horizonte, um marido "dócil e irrepreensível" – era uma canção que Betty cantava. "*Je voudrais un mari / Docile et sans reproche / Qui aille dans ma poche / Un tout petit mari / Je le voudrais pe-tit / Mignon et bien gen-til / Et qui ne grogne pas surtout com-me pa-pa*" [Eu queria um marido / Manso e virtuoso / Que eu leve no meu bolso / Um maridinho / Que seja um maridinho / Fofinho e gentil / E principalmente que não resmungue co-mo pa-pai]. E principalmente com uma boa situação, como se dizia.

Parece-me, ao contrário, que ela herdou sem filtro a escandalosa história de amor de seus pais, os amantes desencontrados. Prometiam ao meu avô uma bela união com uma mulher de sua posição quando ele conheceu Betty. Educação, linhagem, posição, ele tinha tudo o que faltava a ela, a órfã pobre, analfabeta, martirizada, explorada. Operária de fábrica, de uma religião que beirava a magia e uma língua em que se misturavam francês, espanhol, árabe e provençal, ela obviamente não correspondia ao que fora planejado para ele. A moral social da época era simples: sua esposa, nunca; sua amante, por que não, em segredo. Mas ele a amava e acabaram se casando. Ela pagou um preço silencioso, suportando todas as humilhações, as fofocas, os olhares, rica em sua ascendência secreta e maravilhosa na qual seu pai era, ela dizia, o filho natural de um homem importante. Lentamente, ela adquiriu a cor das paredes, alternando a invisibilidade com a radiância dependendo da hora. Deslizou para dentro dos prédios do centro da cidade. De sua casa, observava as mulheres de sua nova condição para melhor se aclimatar. Da sua fraqueza fez uma arma: com a falta de instrução e a miséria, Betty era dotada de uma inteligência brilhante e de um gosto pela compreensão que ninguém, exceto meu avô, havia percebido. Uma vez instalada à frente de seu novo império, sua família, construída peça por peça com amor e delicadeza, ela fez com que eles se dobrassem e acabou enterrando a todos.

Quando estávamos sozinhas, quando não havia um adulto para cuidar da minha boa educação, às vezes comíamos com os dedos, rindo de como éramos chiques. Ela me fazia assistir ao programa literário *Apostrophes*, que a fascinava, embora ela não pudesse ler os livros em questão, e comprava para mim a revista *Jeune et Jolie* para que eu não ficasse entediada. Meu pai dizia que ela lhe havia ensinado a bondade.

"Ah, a família da sua mãe, aquilo é um matriarcado! Minha nossa!" Inevitavelmente seguia-se uma elaboração sobre o estabelecimento de sociedades patriarcais no Mediterrâneo em substituição às antigas sociedades matriarcais, com uma triste passagem sobre o papel da Bíblia na questão, tudo nutrido por suas leituras de livros de história. Eu sentia nele um profundo pesar, como uma nostalgia de um tempo que ele não tinha conhecido. "Um matriarcado e tanto! Tudo passa pelas mulheres, com vocês."

Se a memória das reuniões familiares naquele clã sulista ainda abriga de fato meu avô e seu filho, meu tio tão sensível e culto, eles estão em segundo plano. Apagam-se para deixar as rajadas de vento passarem. Betty, minha mãe, suas irmãs, as primas e as tias que desarranjavam o que chamávamos de agregados da família, deliciadas e um pouco perturbadas com a energia gasta para lhes dar de comer sem parar, legumes recheados, cuscuz, tripas, lula em sua tinta, frango assado, torta salgada, *beignets* de tudo e qualquer coisa, salada com alho e um cafezinho. Minhas primas e eu parecíamos geneticamente destinadas a pôr a mesa e depois tirá-la, enquanto os meninos ficavam, cheios de amor maternal e importância dinástica, na sala de estar. O conjunto formava uma minissociedade arcaica cujo machismo era deformado pela modernidade transgressora da história de amor dos meus avós, assim como pelo constante respeito de meu avô pela inteligência de suas três filhas.

Meu pai rondava ritualmente em torno dos livros desse homem de bem que diziam ter esbofeteado um general durante a guerra. Também diziam que na Libertação ele se recusara a acusar aqueles que o haviam denunciado como judeu. O que seu próprio pai era, o pai morto em 1940 do que eu ficaria tentada a chamar de suicídio, mas que Betty, em sua linguagem confusa, chamava de "concussão". Ela sempre ignorara o fato de ser ela mesma descendente de judeus espanhóis convertidos ao catolicismo, o que é uma sorte se eu acreditar no que me disseram, ou seja, que foi o próprio certificado de batismo dela que o salvou da deportação.

Sendo minha mãe o que então se chamava filha de velho, eu mal conheci esse avô. Seu rosto amável se destaca numa paisagem de segredos, onde cruzamos com as circunstâncias misteriosas da morte de seu pai, um avental maçônico muito antigo encontrado numa cômoda, uma vida fora do casamento com Betty na década de 1930 e, algo curioso para alguém tão comedido, um ódio inexpugnável pelos juízes. Ele legou a seus filhos três fardos que tornam a vida em sociedade quase impossível para eles: a melancolia, a retidão e a bondade. Sempre o imaginei como um ser amoroso, pacífico, aspirando a uma vida feliz e sem a menor ambição social, com certa dificuldade em assumir a parte de violência que a vida comporta, totalmente encantado em deixar a esposa arar a existência deles com sua resistência e seu humor. Ele tentara lhe dar aulas de leitura, e era ele quem engraxava os sapatos de toda a família. Ela havia feito isso por demais em sua infância.

Lembro-me de seu sorriso delicado, bigodinho e olhos claros, seu amor por trocadilhos e canções picantes, sua escrivaninha com uma luminária verde e um bloco de notas, as tardes intermináveis em que ele assistia aos debates na Assembleia Nacional pela televisão enquanto eu derretia de tédio, assim como os *matzás* com flor de laranjeira que ele me dava para provar piscando o olho.

Com ele, meu pai falava com frequência sobre literatura e política. Sua avidez pelo conhecimento, intacta desde a infância, acabava encontrando a cultura do burguês judaico-protestante à qual tantas coisas deveriam ter feito com que se opusesse.

A biblioteca era um belo móvel antigo e envidraçado que tinha escapado dos mausoléus em miniatura construídos por Betty em qualquer prateleira ao seu alcance (bibelôs, fotografias, bonecas quebradas, lembrancinhas de férias). Havia edições antigas de Gide, Proust, uma bíblia anotada com raiva para atacar o dogma católico. Havia também alguns tesouros inesperados entre as páginas, como a correspondência do revolucionário Blanqui e do filósofo John Stuart Mill com nosso antepassado pastor, que, sob o ar horrivelmente severo de seus retratos fotográficos, deve ter fomentado não sei o quê. A prateleira do meio abrigava toda a saga em 27 volumes de Jules Romains, *Homens de boa vontade*. O título era todo um programa, como o de outro de seus livros, *Morte de alguém*. Este último fala ao mesmo tempo da importância do assunto e da aparente insignificância de seu personagem; fala do que nos espera, o pó, a invisibilidade de nossas trajetórias. O ridículo da nossa passagem pela Terra, na qual somos atravessados por essas coisas maiores do que nós, acima de nossas cabeças. Assim, o simples aposentado das ferrovias do romance encontra a morte, como se dizia, durante um passeio ao Panteão, ali onde descansam os grandes homens (com a presença, ainda assim, de Sophie Berthelot, então distinguida numa "homenagem à sua virtude conjugal", muito antes de se juntarem a ela quatro grandes mulheres, Marie Curie, Geneviève de Gaulle-Anthonioz, Germaine Tillion e Simone Veil).

O desaparecimento do personagem é a oportunidade para uma multidão de anônimos que o conheceram forjar laços em torno da perda e da memória. *Morte de alguém* revela a dupla ideia de que nossa presença existe através dos outros e de que a nossa passagem é criativa, porque lhes oferece a possibilidade de se tornarem uma comunidade unida por situações e sentimentos. O "alguém" do título de Romains é uma mesma palavra para o particular e para o geral. Desde 1911 ele volta a nos assegurar, como tantos outros antes e depois dele, que sem a universalidade das experiências individuais, quer nos juntemos ou nos oponhamos a elas, não há arte.

O dr. K. ainda tem o afeto e a paciência necessários para seu paciente perdido. Para ele, para cercá-lo de calma e conter a ansiedade, responde a perguntas que não são formuladas, que ninguém ousa fazer. Por respeito, ele nos faz sair do quarto para conversar. Não há como saber. Leva mais tempo ou menos tempo, dependendo da pessoa. Agarramo-nos aos olhos do dr. K., ele não está sentindo dor, não é?, isso é o principal, a única coisa que importa, o resto podemos aceitar, no fundo é a vida que vai, não é a morte que é intolerável, é o sofrimento animalesco. Ele não sofre, dorme, por quanto tempo ainda, não se sabe.

Na sala, em Avignon, ele está semiadormecido, cercado pelo barulho e pelo afeto com que a família de sua esposa o cobre. Seus olhos piscam, capturados pela luz do verão refletida nas ondas dessas mulheres que o rebocam. A seu lado, cheia do mesmo contentamento, está minha tia Pascale. Ela foi catapultada do barro de suas Ardenas nativas até a Provença, para morar com o irmão de minha mãe, o titã delicado que se transformava em fera se a maltratassem. Um dia, quando um motorista a desrespeitou, ele o puxou inteiro e trêmulo pela janela do carro.

Espectadores cativos dos exaustivos reencontros próprios ao clã materno, Pascale e meu pai estão sentados em poltronas forradas de tecido azul. Pequena, pele morena, cabelos de um preto intenso e longos olhos castanhos, ela zomba um pouco dele. Às vezes ele lhe conta uma piada lasciva, enrubesce levemente, ela ri com seu riso fino e um pouco arrastado, envolve-o com seu sorriso elástico, com a postura do corpo esguio e atento, as mãos de pintora e faz-tudo que sabe manejar a betoneira pousadas sobre coxas musculosas. Ele a admira, essa mulher bonita e sutil que, como ele, foi deixada. Quando ela descobriu uma gravidez nascida de seus primeiros amores com meu tio, seus pais a expulsaram. Ela conhece o desamor. Ela também sabe. Pascale morreu muito jovem, e sua ausência ainda revira meu estômago. Pouco antes, ela me contou. Por fim tinha deixado sua mãe – que se suicidou no dia de seu aniversário – para trás, parando de colocá-la diante de si.

Em 1964, ela tem vinte anos. Nessa época, ainda somos menores. Ela toca a campainha de um belo apartamento no décimo-sexto arrondissement com seu amante, meu tio, que conheceu na academia de desenho deles, em frente ao hotel onde ficam os *beatniks* que vagam por Paris. Eles não têm para onde ir. Estão com medo. Pascale veio se refugiar com a irmã mais velha da minha mãe, corpo flexível, olhos puxados, a menininha inicialmente ilegítima que Betty, mãe solo, começou a criar sozinha em 1935. Pascale está com eles, mas está sozinha com a gravidez, sua dor e seu medo; Betty, trinta anos antes, estava com sua filha, mas estava sozinha com seu amor e sua vergonha. E depois da guerra, em 1946, Dina deu à luz seu último filho, meu pai. Estava casada com um homem que não amava mais, sozinha com seu bastardo, sua raiva e seu segredo.

Em 1967, minha mãe decidiu deixar sua província e acabou na universidade de Nanterre. Lá ela se depara com uma realidade completamente diferente, a agitação política e, mais adiante em seus estudos, a loucura. Mais tarde ela conhece meu pai. Dizem-lhe que terá problemas para conceber filhos, que sua gravidez terminará em aborto espontâneo, ela chora, treme de angústia todas as semanas e, no entanto, eu nasço. Então ela tem tudo, ou acha que tem tudo, o amor, as crianças, o trabalho, que deixou para trás aquelas histórias de mulheres infelizes, isoladas, renegadas, o medo da gravidez e do aborto, a dificuldade de ter um lugar seu, um emprego, escolhas. Não tem os infortúnios de suas irmãs mais velhas, que escorregaram entre obstáculos e vergonhas para tricotar amor, liberdade ou uma vida feliz. Ela tem tudo, ela teve tudo. Um dia tudo rachou e ela sofreu ao ponto de querer morrer. A solidão daquelas mulheres antes dela a havia alcançado.

Meus pais eram, portanto, filhos de mulheres escandalosas. Uma luminosa, a outra réproba; uma finalmente caindo no lado bom da sociedade, a heroína da história, viveram felizes para sempre e tiveram muitos filhos. A outra não, a que despedaçou tudo para finalmente viver, sem meu pai, sem nós, e que rechaçamos porque sua dor nos fazia estremecer.

Quando tirou tudo do apartamento do meu adorável avô, o primeiro impulso de Dina foi pegar os três filhos debaixo do braço e ir para a casa dos pais. O juiz lhe disse "não, senhora, não é possível criar filhos assim, não é um bom ambiente, não mesmo, é preciso escolher, a vida de artista ou a vida de mãe". Ele deve ter suspirado que o pai tinha um emprego, fixo, estável, que podia cuidar das coisas. Era cedo demais. Ela escolheu. O coração das crianças foi reduzido a cinzas, e talvez o seu junto.

Levei muito para ver o outro lado da vida de Dina. Tem a cara daquela que acabei chamando de avó, uma mulher que se libertou pagando um preço alto por esse voo. E que, se tivesse tido o que eu tive, sem dúvida, nunca teria dado à luz meu pai.

Fantasmas dolorosos não param de murmurar nos ouvidos de adultos como meus pais, esses dois rebentos de filiações tristes e destroçadas. O que eles fazem pelos filhos – será que realmente sabem fazer, será que aprenderam, será que sabem amar, será que têm a competência do amor, seus rituais, seus fundamentos, como vão fazer, o bastardo abandonado, a filha da órfã; eles dão-se as mãos, consolam-se, não, não sabem, talvez tenham o pressentimento do que são, ele, o jovem engraçado e ambíguo, com seus óculos e seus cabelos compridos, suas viagens de carona, suas cartas, seus jogos de xadrez e sua matemática, o modo como devora livros e experiências e, ao mesmo tempo, um cachorro abandonado; ela, a rainha da beleza, a alegria e a força, a resistência animal, o sol que dança nas ondas, e também, à noite, a mãe dos tempos antigos arrastando consigo a ciranda de jovens fantasmas. Sorrindo, eles deslizam na superfície das águas barrentas entre os insetos e os lírios. Sentada sob a árvore coberta de musgo num raio de luar, ela costura a infância despedaçada, em suas mãos ágeis o fio dança, acompanha o filete da voz de sua própria mãe, que, no armário onde a fechavam para atirar ali com um fuzil, canta para suas bonecas de barbante e papelão suas maravilhas.

Quando o conhece, no início dos anos 1970, minha mãe ainda não sabe que esse prodígio de inteligência bruta e inquieta, esse sujeito alto e divertido e sem instrução, com uma bondade confusa, a atrai para o eterno círculo de crianças infelizes. Ela se joga lá dentro e vai se perder.

Como na maioria dos lares daquela época, antes de os computadores tomarem o poder, a televisão ficava em lugar de destaque na nossa sala de estar. Eu assistia, na maioria das vezes em segredo, e nutria uma paixão pura pelo *Top 50*, que tinha a vantagem de satisfazer tanto nosso impulso de classificação quanto nosso desejo de imagens. A ascensão do videoclipe foi um deleite para minha geração, uma doçura extra para o prazer musical. Foi acompanhada pela da publicidade e, de repente, nossas vidas foram invadidas por carros potentes, eletrodomésticos, *junk food*; ritualmente, eu ouvia minha mãe dizer que aquilo não era possível, colocar mulheres nuas em toda parte, daquele jeito, para vender iogurtes, sabão líquido ou carros, e meu pai responder: "O que você espera, a bunda funciona desde a aurora dos tempos", o que nos fazia rir, meio felizes, meio assustadas.

Minha mãe não ria disso. Acho que ela sentia a cilada se fechando sobre ela e suas amigas que tinham lutado pelo aborto e pela igualdade salarial. Apesar de seus esforços, de seu cansaço, de sua luta para não ceder ao esgotamento ou às zombarias, começava ali o grande mercado de gado no qual se avaliava sua própria carne. O tratamento social dos corpos de mulheres e moças tomava um rumo brutal, cinicamente transacional e fora de controle, que assumia sua mercantilização ao reviver a velha lua da feminilidade numa tonalidade pop. Revistas, manequins, desempenho físico, competência sexual. Os outros olham, pesam, tocam. Os outros se servem delas, que estão aí para isso. Percebido de forma confusa do meu pacato subúrbio, esse movimento trazia de volta uma moral muito antiga que rapidamente aprendi a conhecer ao crescer: nós nos masturbamos e especulamos sobre a imagem da puta enquanto continuamos a desprezar a prostituta.

A expressão nua e crua das concupiscências paternas acompanhava esse movimento. Meu pai acreditava sinceramente na liberação dos desejos masculino e feminino e não tinha qualquer tipo de preconceito contra ninguém. Para ele, o sexo era a vida, tudo era possível e imaginável, cada um fazia o que queria e a monogamia era coisa de idiota. A conjunção desse bombardeio de imagens e mercadorias sexualizadas com seus monólogos libertários revestiu minha realidade infantil com um verniz perturbador.

Mas de certa forma isso me preparou para enfrentar o lado de fora, onde o programa era cristalino. Já que você ia se tornar uma mulher, seu corpo era um bem público submetido à avaliação de todo mundo. Assim, como toda jovem, descobri reflexões lascivas na rua desde os onze anos. Lembro-me de um trecho de *Memórias de uma moça bem-comportada*, de Simone de Beauvoir, em que ela conta uma ida ao cinema com a irmã, um homem que põe as mãos por baixo do seu suéter e a normalidade da coisa. Moeda corrente. Esses sussurros ou gritos obscenos juntavam-se às mãos do professor puxando sutiãs, que eu colocava na mesma categoria da instrutora dando bofetadas nas meninas do ensino médio que usavam maquiagem. Não me causavam vergonha nem orgulho, mas um terror opaco e inicialmente interior. Que ia se transformar mais tarde, na adolescência, em explosões nas quais a minha violência verbal e os meus gestos insultuosos poderiam ir até o confronto físico, como naquele dia em que, numa postura que não temia o ridículo, fui, de seios nus, desafiar o exibicionista que se apalpava na praia diante da minha irmã e de mim. Ele se mandou dali, o que me deu uma satisfação intensamente diabólica.

Meu pai ria disso. Minha mãe se preocupava. De minha parte, eu a via infeliz e enganada, envergonhada do próprio engano, como se o tivesse merecido, como se, tendo internalizado a existência inegociável do grande mercado de carnes femininas, não fosse boa o suficiente para manter seu homem em casa. Esgotando-se em fazer os outros felizes, carregando sozinha todos os fardos, o da sedução misturado ao da organização do cotidiano, o que a levava, por exemplo, a fazer dietas absurdas à base de sachês de proteína e drogas, sem dúvida, perigosas, ela que era tão bonita.

Quanto a mim, eu preferia a hipótese da violência, vendo em minha mãe e suas amigas as tolas infelizes de uma farsa na qual aqueles caras simpáticos e sedutores, aqueles grandes liberados dos anos 1960, bons pais de família, casados por amor, engraçados e ternos com seus filhos, tinham se ocupado sobretudo, em termos de liberação, em liberar os próprios órgãos genitais. Eu não sabia

como ia proceder, mas tinha certeza de uma coisa: seria
sem mim.

No quarto, o silêncio era completo. Eu achava o quarto
lento, e os versos do poema de Apollinaire, que ele decla-
mava com frequência, me vinham à mente: "Como a vida
é lenta", a morte que se arrasta, as ondas cansadas, sempre
as mesmas, daqueles fluxos e refluxos que sacudiam meu
pai, esmagavam-no em silêncio, o tempo com que as coisas
passam como devem passar é o tempo que leva a vida para
morrer, e nós ao redor, como idiotas a esperar, "E como a
Esperança é violenta".

Na famosa versão de "A ponte Mirabeau" lida por
Apollinaire, a qualidade da gravação deixa a desejar. Sibila,
trinca, mas o filete de sua voz ligeiramente aflautada, com
sua cadência, seu ritmo, na iminência constante de falhar,
fende a espessura das camadas temporais. Desliza por entre
a granulosidade da gravação. Ele está lá. Perfura a morte.

Não esperávamos nada mais do que o fim para abolir
a lentidão de uma agonia que se eternizava em seu corpo. E
ao mesmo tempo esperávamos o contrário. Eu não queria
acelerar a passagem de meu pai, no fundo, no mais profundo da minha carcaça, queria desacelerá-la, ficar com ele
sobre as ondas que nos fariam balançar constantemente,
juntos, ambos vivos, como no começo, quando ele salvara
minha mãe, quando, ainda não muito certo de estar viúvo,
ele me acolhera na alegria e na tristeza, eu queria os dias
e as semanas da vida que tínhamos vivido da melhor maneira possível, nós dois, de mãos dadas, conduzidos para lá
e para cá pelas alegrias e pelas dores, "Os dias passam e as
semanas passam / Nem o tempo passado / Nem os amores
regressam". Sim, é um poema de amor. E daí.

Às vezes eu tocava num dedo seu, às vezes em seu pulso, olhava para ele e queria inventar a linguagem através da qual lhe dizer ao mesmo tempo que ele podia ir embora e que devia ficar, unindo as duas afirmativas com força, cuspindo na cara da lógica e de seus arranjos em fila indiana, uma coisa e não a outra, uma coisa e depois a outra, era preciso achar uma linguagem, sim, para falar do fundo, do fundo do tempo em que nos encontrávamos. Minha violência gritava que podíamos sair dali, voltar ao começo, ser imortais ou, antes, não ser mortais, quando meu cansaço murmurava o contrário. Eu olhava para meu pai, para sua boca inerte, sua dor e sua gentileza ainda presentes em suas feições. Agarrando-me às bordas da cadeira, eu me segurava em pensamento à sua voz recitando Apollinaire, e logo havia apenas um verso. "Os dias se vão, eu permaneço."

SEXTA-FEIRA

Ontem sonhei que meu rosto não tinha mais rugas. Eu olhava para meu reflexo sem alegria. Era simples, era normal, eu tinha o método certo. Seria necessário nunca mais sorrir, nunca mais chorar, nunca mais fazer nada além de aparecer com a boca entreaberta, com aquela expressão que se espera das mulheres desde que começaram a posar para os jornais e, agora, para os aplicativos, a boca um pouco entreaberta, não muito, se os dentes aparecerem já é um pouco demais. Bem pouco aberta para deixar ver a língua e o sexo, no fundo, a boca sintética. Para durar, chamar atenção e atrair a estima, as proprietárias dessas bocas de vinil comem pouco ou não comem nada. Não há necessidade de uma boca viva, nem de uma língua grossa, vermelha e úmida, ávida de tudo. Mantêm-se levemente torcidas, inclinadas para afinar o joelho, a coxa, as mãos apoiadas nos quadris de maneira que, formando um ângulo, a posição do braço adelgaça o contorno. O queixo é levantado para suavizar o colchãozinho de gordura ali embaixo. A coxa, o braço, a boca entreaberta, o filtro, o que elas dão ao mundo é essa imagem sexualizada em sua ausência de desejo, erotizada em sua própria morte. É o tempo que lhes dá uma bofetada, diz que está passando por cima delas, que há sempre alguém mais jovem, alguém mais bonita, alguém mais fácil, a mais-valia no grande mercado feminino. O sonho delas é desaparecer aparecendo, desaparecer na suavidade e na leveza, serem esquecidas pelo mundo no êxtase final, o de sua própria imagem. No espelho do banheiro, meu rosto sem rugas se parecia ao do meu pai quando ele morreu.

Na manhã de sexta-feira, minha irmã e eu chegamos ao mesmo tempo. No quarto, a esposa nos esperava. Sua dor e sua exaustão me comoveram, embora eu sempre tivesse sido velha demais e pouco simpática demais para ter uma madrasta da minha idade. Ela saiu para respirar por um instante.

Na cama, ele ainda estava ali. A forja resistia com um forte ruído. Ele estava ali e, plenas do nosso sentimento de orfandade próxima, Magali e eu não conseguíamos sentir pena dele. Sentamo-nos, cada uma de um lado da cama, tocando ora um braço, ora uma mão. Em voz baixa, Magali me chamou, ela não sabia, ela achava que. Inclinei-me sobre ele, sua respiração parou. Acariciei sua cabeça, depositei um beijo em sua testa e sussurrei em seu ouvido, vai ficar tudo bem, pai; e ficou tudo bem.

Nas trilhas, ele anda na frente. Também vai na frente na rua, para as coisas do dia a dia, comprar pão, voltar da escola, fazer compras, com sua forma de andar deliberada e equilibrada. Se está cansado, sua perna um pouco mais curta que a outra faz com que se incline para o lado, e ele torce o pé oposto, em apoio. Quase saltitando, ele canta ou assobia a plenos pulmões. O cachorro puxa para baixo, fica sem fôlego, arremessa baba ao redor deles. Corro atrás e peço para ele diminuir a velocidade. "Ah, vamos lá, caramba, acelere o passo!"

Quando estávamos os quatro juntos, ele ainda andava na frente, abrindo os braços para entoar uma ária de ópera. Eu me encolhia sob o olhar dos passantes. Ele parecia um bode conduzindo as cabras.

Essa lembrança de um homem de costas que luto para alcançar é uma das mais persistentes da minha infância. A cada mudança de cenário, a forma de andar é a mesma, bem como a determinação. O asfalto dá o passo, ou a terra, ou a areia, eu recupero as canções lançadas ao ar, como se as pudesse abafar com as minhas mãos em concha, protegê-las do olhar dos outros, "Sua boba, não dê bola para o que as pessoas pensam de você, do contrário está ferrada". Insensível ao meu conformismo, ele continua com um ímpeto ainda maior, eu dou início a uma lamentação interior. Rumino, gostaria que ele fosse mais calmo, que ele cantasse menos forte, andasse mais devagar; presa em seu rastro, gostaria que ele vivesse mais lentamente.

Saio para avisar. Acabou. Passam pessoas de jaleco a quem eu anuncio. Acabou, é preciso dizer ao dr. K. Eles param, entre dois quartos, prontuários na mão, vão chamá-lo, ele já vem, chega em breve. Agarro o braço de um enfermeiro de jaleco azul, pergunto onde está Babette, ele aponta para a sala de descanso, ali, um pouco mais adiante, eu me esgueiro e bato na porta, estão tomando café, estão rindo, jalecos brancos, é o intervalo, tupperware, xícaras, anedotas, as crianças, as férias, procuro a pele negra de Babette, ela não está aqui. Onde está Babette, no fundo da minha garganta minha voz morre, só há uma pergunta, não é o que fazer com o corpo, como essas coisas acontecem, os papéis, o caixão, para onde ele foi, não é como vou fazer, não estou preparada, como vou fazer.

Todas essas perguntas são teatrais. São falsas, motivadas pela razão. São posteriores.

Agora só há uma pergunta. Sobe pelos meus braços e pernas, desde o ventre, atravessa a carne e chega à garganta, que estrangula. Quero saber onde Babette está. Quanto mais a pronuncio, mais essa pergunta se esvai num filete de vozes, no fundo mais fundo da timidez, mal a tinha pronunciado e já queria engoli-la, segurá-la na beirada da boca, tem gente, o que vão pensar, tarde demais, ouço-me pedindo desculpas baixinho, com licença, estou procurando Babette. Uma mulher, blusa lilás, me diz "Ah, sim, Babette deve estar cuidando de um paciente", indica o corredor oposto, laranja. Do outro lado do patamar da escada, pessoas se movimentam muito, ali atrás, logo depois da recepção, em frente aos elevadores, circulam, tem gente à beça, caramba, essa luz, todo esse barulho do elevador, e o telefone, as vozes dos visitantes, não ouso cruzar a soleira da recepção, entrar na luz que queima, a mão acima dos olhos para ver melhor, procuro Babette, ao longe, uma emanação de calor. Pele negra, o andar, é ela. Um olhar e ela entendeu, eu gostaria de mergulhar meu nariz em seu pescoço, respirar seu odor, esfregar minhas bochechas em seu cabelo de espuma, eu a seguro em meus braços para sentir seu coração, tocar de novo na carne dela, o corpo delicado, frágil como papel, mas ainda assim vibrante, que era o do meu pai no fim, e agradecer a ela para sempre.

De volta ao quarto, sentei-me na cadeira e coloquei os pés na cama, como antes. Magali e a esposa estavam do lado de fora, anunciando a todo mundo por telefone. Olhei para meu pai. Lentamente, a sombra de minha mãe surgiu atrás de mim. Ela exigia sua parte.

Por volta dos sessenta anos, meu pai, que defendia a liberdade, o desejo mútuo, o jogo erótico, a igualdade entre homens e mulheres, juntou-se ao batalhão daqueles de quem zombava na juventude. Era uma de suas máximas: "Um homem deve seu sucesso à sua primeira esposa, sua segunda esposa ao seu sucesso".

Tudo na sociedade, tal como ela chegava a mim pela mídia, as falas dos adultos, as experiências na rua, as esperanças de minhas amigas, redutíveis principalmente à aspiração de viver grandes paixões, todo esse barulho ao redor, essas histórias que contam sobre as mulheres bem-comportadas, eu me isolei de tudo isso com as armas que ele me deu: leitura, música, solidão. Na época do divórcio, eu estava como que brutalmente imersa nisso. Era preciso entender. Para preservar os vínculos, a família, a ordem do mundo. A sociedade diz só temos um pai, é assim. Vão te dizer que têm filhas. Brandem suas filhas feito um escudo, como se ter uma filha fosse prova de competência. Suas filhas, porém, olham para eles, suas filhas os julgam, mas se calam. É por isso que eles as brandem, para que elas se calem, porque ninguém quer ouvir que julgam. Era preciso entender. Havia uma ordem das coisas. Não se envolva, isso não é da sua conta. Não generalize. Tudo é sempre mais complicado, são histórias de amor, a bom gato, bom rato, você não sabe o que se passa entre as pessoas. Isso não lhe diz respeito. E tem o amor. Se houvesse amor, não poderia haver mal algum. O amor, esse valor reversível, bom de injuriar na sua constância, desculpando tudo em sua crueldade.

Fiquei imóvel, observando-os se afrontarem como se numa costa estrangeira, até que um dia segurei nos braços minha mãe inconsciente. Isso não lhe diz respeito. Não se meta. Aproximei-me, levantei-a de cócoras com muita delicadeza, meu braço atrás de sua nuca. Algo dentro dela estalou. Ela sussurrou meu nome chorando, como fazia quando quase morremos e as enfermeiras me levavam até ela para acalmar sua agitação comatosa, naqueles poucos dias em que, perdida na fraqueza, ela ainda ignorava se eu era menino ou menina. A bom gato, bom rato, as histórias de casais não te dizem respeito, é assim que as coisas são. Mas você carrega o corpo da sua mãe, tão leve em seus braços, você não é suficiente, sem ele ela morre, ela quer morrer, você não sabe se deve impedir que isso aconteça, já te disseram que não é da sua conta. Acima de tudo, não é da sua conta. Claro que era impossível. Quem pensa que não é da sua conta não sabe o que eu sei desde os dez anos, quando nossa casa começou a tremer com o sofrimento mudo de minha mãe. Na infância, a angústia de um dos nossos pais é um inimigo sorrateiro. Se você é amado, mimado, ele é ainda maior por agir em terreno favorável. Você memoriza os nomes dos remédios, espia as roupas, a maquiagem ou a falta dela, a higiene, monitora variações de peso, liga para os amigos, observa incansavelmente a tristeza, os sinais de transtorno. Você se torna um ser monstruoso, sem sexo e sem idade, uma espécie de duende enlouquecido, ocupado com uma atividade destruidora de significado: escorar os alicerces de sua casa com areia. A noite da minha mãe, engrossada ao longo dos anos, forneceu o cenário sobre o qual minha infância enérgica e solar se desenvolvia. Para ela, com ela, para lhe dar alegria, orgulho e vontade. E todos os dias um sussurro maldoso me acompanhava, cochichando em meu ouvido que ser mulher era sofrer.

Certo dia, em fevereiro de 1982, começam as contrações de minha mãe. Ela sai do banho, deita-se na cama.

Está chegando a hora, ela liga para meu pai, temos que ir para o hospital, correr, eles me confiam a uma amiga. Passo um dia encantado, vamos ao cinema, ao circo, como um sanduíche enorme, nada sei da angústia que deve agitá-los com esse novo nascimento. Tudo está muito bem. Para sempre minha irmãzinha será a criança fácil, nascida em duas horas, bonita, calma, saudável, aquela que terá apagado o pesadelo da minha chegada ao mundo.

O êxtase festivo que se apoderou de mim à luz do parque de diversões (leões em jaulas, palhaços, desenhos animados, batatas fritas com o sanduíche) se multiplicou quando descobrimos, ao voltar para casa, cinco gatinhos. A gata decidiu dar à luz também. Eu observava minha mãe enorme e minha irmã chorosa, a gata amamentando seus filhotes, toda aquela explosão de vida atravessando os corpos femininos. Eu já estava atravessada pelo ciúme que a mais velha sente pelo recém-nascido que rouba sua mãe, mas estava tudo bem. Eu tinha meu pai. Éramos uma dupla. Éramos indestrutíveis.

Magali dormia num quartinho do tamanho de um armário. O meu era um pouco maior, revestido pelo meu pai, a meu pedido, com um papel de parede no qual meninas brincavam sobre um fundo rosa, as paredes mergulhando num tapete também inteiramente rosa, também colocado por ele ("Vou te dizer, o que a gente não tem que fazer pelas crianças").

Quando começaram a ganhar um pouco mais, meus pais conseguiram comprar a casa e reformar o sótão. Meu novo quarto parecia enorme, com tecido brilhante cobrindo as paredes e um grosso carpete azul sobre o qual eu andava com as mãos. Nunca, porém, apesar do encanto daquela velha casa transformada pelo nosso crescimento físico e econômico simultâneo, elevei nossa casa ao nível das casas das minhas amigas.

À tarde, eu adorava ziguezaguear pela cidade deserta. Nós a percorríamos aos pares e com seriedade imperial, para fazer não sei que sondagens a pedido do colégio, tomados de arrepios quando tocávamos as campainhas das residências cuja opulência nos enchia de admiração, onde ninguém jamais nos atendeu. Éramos sobretudo a alegria dos velhos que, entediados nos pequenos pavilhões de sua aposentadoria, abriam de bom grado a porta para nós. Depois, eu ia para a casa dos meus amigos, e não fazíamos nada, ficávamos juntos, de bobeira. Eu gostava de descobrir as casas, sentir seus odores, cozinha, leve cheio de mofo, perfume, olhar os materiais, tapetes, cortinas, oleados. Observava os cômodos padronizados, as cozinhas silenciosas e claras, as garagens equipadas, os jardins bemcuidados. Sua impessoalidade realçada por um detalhe isolado, um cheiro a detergente, uma cor, um guardanapo sobre a mesa, tranquilizava-me. Ela se opunha à montoeira desordenada com que minha mãe, uma digna herdeira da compulsão de Betty para acumular ("Pode ser útil"), saturava nossa casa, móveis velhos que eram lembrança de família, roupas de criança que ela não conseguia nem doar nem jogar fora, utensílios de cozinha representados não aos pares, mas às dezenas, desde candelabros antigos a quadros anônimos ("Resolvi trazer, não foi caro"). Se eu me permitia entrar na casa dos outros como num banho de estabilidade, nunca ficava ali por muito tempo. Preferia a solidão. Tinha meus livros. E com frequência ia embora saciada com a aparição que espiava em meio ao cenário dessas casas estrangeiras, uma mãe dona de casa que havia recebido, feito um bolo, tomado conta, sorrido e que eu queria acreditar que era feliz.

O dr. K. entra. Olha para nós, ainda atento. Magali sussurra alguma coisa, pede desculpas, pergunta se ele pode verificar, ela não tem certeza, não sabe medir o pulso, gostaria que ele visse, para ter certeza. O dr. K. responde com um sorriso que, infelizmente, ele nunca precisa verificar.

O jaleco branco está aberto sobre uma das camisas xadrez. Ele tem as mãos voltadas para nós como se nos oferecesse um objeto invisível. De repente seus olhos se embaçam, ele diz que nosso pai, céus, que vitalidade, ele era danado, e acrescenta que tentaram. Tentaram, ele repete, com os olhos comovidos, nós lhe agradecemos por ter feito isso, estamos diante de seu corpo, das mãos grandes, das bochechas encovadas, dos cabelos grossos e já estamos falando no pretérito.

Quando tive que continuar meus estudos musicais no Conservatório regional, deparamo-nos com um problema concreto. Eu era jovem demais para fazer a viagem sozinha. O pai do meu pai ia me acompanhar. Na quarta-feira, no trem cinza, eu colocava os pés no assento à minha frente e ele rosnava. Isso não era respeitoso. Só as pessoas modestas se preocupam tanto com o respeito.

Minha professora de piano era uma ex-concertista, um terrível dragão fêmea em busca do absoluto. Tinha o doce nome de Agnelle, "ovelhinha". Isso me deixava estupefata; nenhum outro lhe teria caído tão mal.

Com ar severo enfatizando o regime de exceção de que nos beneficiávamos, aquela aristocrata da música autorizava meu avô a me esperar diante da porta, sentado num banquinho acolchoado de onde ouvia os fragmentos de melodias em meio à mistura distante e difusa de todos os outros instrumentos, esse milagre dos lugares da música, instável, disseminado em corredores onde todo mundo toca ao mesmo tempo, sem coerência, sem unidade e, no entanto, sem cacofonia. Ele escrevia poemas e canções ali. No caminho de volta, a noite caía. Nós nos demorávamos um pouco a observar, das sombras, a vida das pessoas abastadas. Quando as luzes eram suaves, parávamos, mostrando aqui um pé-direito muito alto, umas persianas internas, ali a arquitetura do século XVIII. Às vezes íamos comer um crepe de trigo-sarraceno, que lhe recordava suas origens bretãs.

Doze anos depois, meu pai me ligou. Ele me pediu para encontrá-lo em Issy-les-Moulineaux, no apartamento. Estava com seu irmão, o tio de olhos verdes, ambos sentados na beira da cama. Haviam coberto o corpo do pai com um lençol do qual só saíam os pés descalços. Tínhamos que nos organizar. Meu gentil avô estava morto, e seu apartamento nos deixava vestígios de sua presença, certos livros, discos. Peguei alguns dos cadernos onde ele havia escrito seus poemas, suas canções e a lista de suas namoradinhas.

Na sexta-feira, meu pai estava coberto até a cintura. Disso eu tenho certeza. Mas não me lembro mais se ele estava vestido ou nu no momento de sua morte. Perguntei-me o que ele tinha feito quando encontrou o corpo de seu pai. Se ele estava nu à noite, se tinha os olhos abertos. Se tinha falado com ele. Se foi difícil carregá-lo, não creio, meu pai era tão alto e pesado, e seu pai tão baixo, com o metro-e-sessenta que havia encolhido consideravelmente com a idade. No quarto havia o lençol, os pés, e meu pai ainda não sabia que o morto na cama não era seu pai.

Após a revelação, porém, não deixou de designá-lo com estas duas palavras unidas, "Meu pai", um possessivo e um substantivo, os mais comuns do mundo. Se os escrevo, eles fazem surgir um ser concreto e nebuloso ao mesmo tempo. Ele irradia a simplicidade familiar, bem como o extraordinário que cada indivíduo carrega dentro de si. Meu pai. Disseminado na minha memória, na minha carne e na minha língua, ele ficará depositado ali antes que, com a idade chegando, eu mesma o esqueça, porque, sem dúvida, vou esquecer, as mãos grandes, o rosto. Então ele vai se juntar ao meu avô, que aos poucos desaparece, e com ele a coorte de rostos cinzentos ou sépia nos móveis da família, esses anônimos comoventes de que nos lembramos dizendo "parece que", "diziam que". Ou ainda, "era o pai de".

No momento da separação de meus pais, não o culpei, particularmente. Eu tinha raiva dos dois, dele que ia embora, dela que queria se matar, eu tinha trinta anos, tinha dez.

Mas, no fundo, o que me revoltava era sobretudo a maneira como todos pareciam pensar que minha mãe deveria ter se acalmado. Um boato persistente nos acompanhava. Ora, o que havia de errado com ele, sempre fora das idas e vindas, ela poderia ter aguentado por mais tempo, era uma questão de anos. O que era ela diante da imagem das mulheres antes dela. Qual era seu problema, caramba, ela só precisava esperar. Velhice. Próstata. É assim mesmo, os homens são assim. O que ela estava pensando, aquela recusa da velha ordem, a velha lua da feminilidade aninhada naquelas histórias em que as jovens sonham com o amor, esperam pelo homem e depois passam a vida inteira a compreendê-lo, ou seja, a perdoá-lo. Seu surto de orgulho, sua raiva e seu brio, ela ia pagar por isso. Eu observava sua luta com sua história de amor, seus desejos e suas escolhas. Suas feridas eram íntimas. Mas sua humilhação era social, e eu a recebia como se tivesse levado uma bofetada junto com ela.

O sofrimento de minha mãe me parecia inscrito num destino feminino em que meu pai, no fim das contas, era apenas o instrumento de um sistema que o englobava, do qual ele antes zombava e cujos perigos me havia mostrado. Então eles envelheceram. Ela também tinha sessenta anos; para muitos, mal continuava sendo uma mulher. Sabemos disso. A sociedade tem de se manter, as necessidades (hetero)sexuais têm de ser satisfeitas, o patrimônio tem de ser transmitido, os filhos têm de ser educados, e as mulheres, se trabalham, devem fazer isso como uma obrigação a mais, sem cobrar caro e de bom humor. Quando acabam, devem se apagar, delicadamente, gentilmente, colocando rolinhos no cabelo, assando bolos, cuidando dos netos e agradecendo. Sabemos disso. Fazemos dietas. Compramos lingerie que pinica. Ficamos contentes, agradamos, exaurimo-nos, cumprimos o programa: filhos, trabalho, alegria obrigatória e leveza imperativa. Achamos que ganhamos, mas perdemos. O sorriso e a silhueta, o dever conjugal e a felicidade doméstica. Perdemos. Se aceitarmos as regras de um jogo em que somos mercadorias perecíveis, se nos curvarmos à injunção que trança, juntos e num delírio consumista, casamento por amor, competência sexual, procriação, desenvolvimento pessoal – é porque já perdemos. Vamos perder de novo e de novo. E, com o passar dos anos, sempre haverá uma mais jovem. Minha mãe preferia morrer a viver humilhada. Tinha entendido. Parava de jogar o jogo.

Sempre adorei as histórias de vergonha e vingança. Elas conhecem minha solidão, pegam-na pela mão e a elevam ou a esvaziam. Desconfio de quem está em sintonia com o mundo, prefiro a desconfiança e, mais ainda, a recusa. Gosto dos livros desesperançados, os das velhas, das feias e das bastardas, essas mulheres da renúncia ou da raiva, os das liberadas dolorosas ou regozijantes, e, com elas, os dos escritores da cólera, da dúvida e da imprecação. Muitas vezes choram pela mãe, pela luz da infância, pelos tempos em que amavam sem serem correspondidos um cachorro, um pano ou uma pedrinha. Todos sabem que é tarde demais. Quer se pense nisso com cuidado ou se escreva a respeito com violência, assim que você colocar sinais na página, tudo já acabou.

O terror que me inspirava seu desejo de morrer me enchia de sentimentos violentos em relação à minha mãe. Quase a matei ao nascer, tinha que salvá-la, ela não queria ser salva, nem por mim, nem por ninguém. No entanto, eu a admirava, aquela heroína tempestuosa. Ela cuspia na cara de meu pai, do mundo, da sociedade. Devolvia o insulto. Com fúria, escapava da caixa sentimental em que queriam fechá-la.

Então, reli a história de meus pais à luz de seu fim. As memórias que juntava dolorosamente faziam o relato novo de uma paixão em que minha mãe era certamente a mais fraca, mas também a mais forte. Ela nos abrigou quando estávamos falidos, com seu emprego fixo. Mais tarde, quase todo o seu salário foi gasto cuidando das filhas. Foi ela quem o apresentou à loira alta e bonita que ia recrutá-lo, acelerando seu sucesso. Ela construíra as carreiras de ambos, munindo-o do que lhe faltava: família, afeto, solidez. Suas próprias irmãs, sua mãe, as luzes, o calor. E também o domínio dos códigos sociais que sua origem burguesa lhe havia legado na ausência de dinheiro. Ela nunca fora embora, por medo de comprometer o equilíbrio de suas filhas; se a mulher não mantivesse o equilíbrio, quem manteria? No escuro, sob meus olhos perplexos, ela o amparou quando ele caía. E acima de tudo ela nunca foi embora, porque se havia construído com a ideia de que amar era ficar.

Lentamente, duramente, obrigando-me à frieza, recompus as outras histórias que havia herdado, aquelas longas solidões femininas, suas ambiguidades. As mulheres que me precederam, as luminosas que nos amavam, a réproba que fugira, eu ia me conhecer como uma delas, no longo encadeamento. Ao lançar sobre elas um novo olhar, não as via. Fazia o que, afinal, sabia fazer melhor: eu as lia. Tornaram-se então as personagens de um teatro ao mesmo tempo infinitamente pequeno e imensamente vasto, que congregava questões históricas, sociais e econômicas.

Assim, li minha mãe e suas irmãs, li Betty, cuja história transpus para um romance, li Rosette e Dina, aquela que nasceu mulher cedo demais. No percurso, li a mim mesma, com minha herança confusa. Ao primeiro sinal de asfixia ou desrespeito, à primeira suspeita de mentira, ao primeiro ferimento eu ia embora. Por muito tempo acreditei que isso estava em oposição a esses destinos femininos. Desconhecia a porção de aceitação que pulsava no coração da minha recusa. Na verdade, eu ia embora não porque não quisesse ser como elas, mas porque, se elas tivessem podido não só fazer isso, mas sobretudo e antes de tudo sonhar, talvez o tivessem feito. Tudo residia nesse talvez e na possibilidade de formulá-lo. A ordem sempre repousa sobre o silêncio. Minha raiva não havia desaparecido, havia sido aparada, reduzida, diminuída. Tinha se transformado em programa.

Paradoxalmente, era também ao meu pai que eu devia a calma metódica com que agia. Saber que ele sempre me amara, ao seu modo bagunçado e generoso, permitiu que eu me libertasse do seu amor. Às vezes me pergunto se não é impossível para um homem ter uma filha, ou pelo menos se não é impossível na sociedade a que pertenço hoje, tal como ela é. Mas não deixei de amar meu pai. Simplesmente abandonei o garoto que sonhávamos em mim.

Na sala de casa, o piano, a mesinha de centro e meu avô enterrado numa poltrona. Ele me encoraja a recomeçar as peças, de novo e de novo, numa luz silenciosa e solitária. Embaixo, junto aos pedais, o cachorrão gosta da música, aconchega-se como se as vibrações lhe aquecessem os ossos. Meu pai entra, diz um "Ah, que ótimo", seu pai ergue para ele olhos interessados, recolhe uma ou duas anedotas.

Eles nunca se falavam. Mas cantavam com frequência e às vezes tocavam peças, meu avô no violino, meu pai improvisando um acompanhamento com o que encontrava, flauta, harpa de boca, voz. Embora o filho excedesse claramente o pai, tanto em volume como em tamanho, eles assumiam a face de um passado em que o pequeno seguia o pai nos prazeres gratuitos e imediatos. Juntos, eles se acercavam da alegria num arco de desejo que os conduzia como que à margem da sociedade, para lá dos valores, das fronteiras sociais, de dinheiro, passatempos, posses variadas, sucessos. Banhar-se na beleza era o suficiente, e era para a vida toda. Nos espetáculos que meu pai adulto e meu avô idoso improvisavam em meio aos latidos do cachorro, o vínculo deles ganhava vida. E seus cantos tinham a cor que une a tristeza à alegria, a que se poderia chamar de nostalgia.

Na foto, ele está inclinado para Betty ("Mas vou te dizer, que mulher bonita!"). Deve ser um dos exaustivos

Natais em que o clã materno acolhia os demais. Ambos se divertem, são elegantes. São mais ou menos da mesma altura, o pai do meu pai, a mãe da minha mãe, e persistem na minha lembrança com uma alegria indestrutível. No entanto, essas duas luzes da minha infância são diferentes. Meu avô continua, na minha cabeça, a se pendurar no trapézio, a se infiltrar nas óperas, a se maravilhar com tudo. Mas Betty tem olhos noturnos.

Não sei se meu pai os viu, se isso contribuiu para o carinho que tinha por ela e para sua admiração. Não sei se ele entendeu que tinha os mesmos olhos. Se os olhássemos de longe, poderíamos ver, é claro, sua espetacular revanche social. Seu acesso a uma felicidade que nunca lhes fora devida. Sua conquista de família, amor e segurança. Mas se você se aproximasse deles, se acaso se acercasse do seu silêncio por um momento, veria sobretudo a noite em seus olhos. Eles veriam você, olhariam para você com amor, mas sob a sombra, estariam voltados para si mesmos. Seus sentimentos caíam num buraco no fundo do qual havia uma fera voraz e medrosa, amarrada a uma estaca, esperando que a alimentassem. Amando você, eles empanturravam suas infâncias infelizes com o que teriam gostado de devorar.

Suas filiações estavam cheias de buracos e, por causa disso, as minhas também. Jamais saberia como teria sido nossa vida se Betty tivesse conhecido sua origem judaica por parte de mãe, se seu pai, órfão aos cuidados do Estado, tivesse conhecido seus próprios pais, o que teríamos feito com essas identidades reveladas, nem saberia quem teria sido meu pai se seu pai houvesse dito a ele que não era seu pai e se ele tivesse conhecido seu pai. Se sua mãe tivesse podido conservá-lo consigo. Se ele pudesse ter sido amado.

Nunca desejei sonhar essas vidas, ou escrevê-las, como a ucronia positiva e reparadora de histórias tristes. Isso não me interessa. Aprendi, ao contrário, a negligenciar esses "se" que destroem a incerteza, porque é a incerteza que me alimenta. Ela fez de nós o que somos. E graças a ela tenho certeza de uma coisa: sem os olhos noturnos de meu pai abandonado, bem como sem os de minha avó analfabeta, eu não teria escrito. Em silêncio, do fundo da sua solidão, com o ardor dos animais furiosamente ocupados em viver, eles exigiam reparação. Sob o olhar de minha mãe, de quem foram os dois grandes amores, tornei-me sua mensageira na sociedade. E continuaremos assim depois da minha própria morte.

"An die Musik" [Para a música] é um dos *Lieder* mais famosos de Schubert, simples e claro. Acho que sempre o ouvi, desde os primeiros anos, cantado com paixão pelo meu pai. E outra vez, com o tempo, de novo e de novo, aos domingos. Ao voltar de suas expedições matinais, o cachorro na coleira, ele jogava os *croissants* e as baguetes sobre a mesa, pigarreava e, com o animal embaraçado entre as pernas, lançava-se a todo tipo de melodia. Durante anos, ele cantou forte e espontaneamente, como todos em sua família. Tornou-se mais sistemático depois que teve aulas. Eu já tinha idade para acompanhá-lo ao piano e ouvir as diferentes interpretações que nos guiavam.

Existe uma versão para piano adaptada por um dos mais famosos acompanhantes do século XX, Gerald Moore. Dizem que, durante o concerto de despedida a que vieram cantar, com e para ele, Elisabeth Schwarzkopf, Victoria de los Ángeles e Dietrich Fischer-Dieskau, foi este último quem lhe pediu que terminasse a noite com uma peça solo. Ele escolheu esse hino em que a música é tão cheia de simplicidade e evidência que se esvai diante de si mesma, deixando um rastro leve e fantasmagórico, como um sussurro, no coração de quem ouve.

Desde a morte de meu pai, "An die Musik" tem uma sonoridade particular, como se tivesse sido composto apenas para mim. É tecido pela voz de seu ídolo Fritz Wunderlich, o tenor que morreu cedo demais por uma queda idiota da escada, com a sua, que se engasgava com as lágrimas quando, deixando-se levar um pouco demais, conseguia chegar aonde a voz do próprio Wunderlich não falhava, mas assumia uma aspereza ofegante, algo que, por falta de opção, eu ficaria tentada a chamar de alma.

Quando ouvia música, ele sempre chorava. Às vezes em silêncio, mais frequentemente com grandes soluços – uma vez fomos convidados a uma apresentação do *Rigoletto* de Verdi na Ópera da Bastilha, uma daquelas noites oferecidas pelos conselhos de trabalhadores, ele chorava tanto que os ruídos animalescos emitidos por seu torso encobriam parcialmente a canção dilacerada do bufão segurando nos braços a filha moribunda, morta por culpa dele.

O modo como ele se desequilibrava ao ouvir música lírica, sobretudo ópera, era generoso. Cada manifestação de emoção coletiva diante da arte musical, mesmo a mais distante dos gênios que o ocupavam (canção popular, shows nos estádios), provocavam nele aquele soluço incontrolável. Seu rosto então se retorcia de emoção, e suas mãos grandes, que se tornavam inúteis, agitavam-se num balé eletrizado, daqueles que nos acometem quando nos queimamos, às vezes acompanhado de um "Ah, puta merda" agudo ou de algum palavrão inventivo também.

Aquelas lágrimas de meu pai e seu movimento indomável me preocupavam quando criança. Com o tempo, comecei a simpatizar com essas coisas, depois passei a achá-las formidavelmente evocativas de sua pessoa, ou mais exatamente dos traços de sua personalidade que mais me agradavam – aqueles que me reconfortavam: o amor à arte, a generosidade, a gratuidade do gesto, a audácia do sentimento.

Colette, em *Sido*, volta à sabedoria que se apodera de nós quando sabemos o que, dos nossos, foi depositado em nós. Fiel à sua forma intuitiva, ela não se refere nem à simples herança nem à dívida, que são maneiras débeis de evocar uma noção tão débil, porque demasiado clara, como a da transmissão. Ela tem 57 anos, na época. Conhece o trabalho de decomposição ou de apagamento do tempo, o desaparecimento. Prefere evocar a fissura que estria as pedras na direção natural de sua sedimentação e que é chamada de clivagem. Em seu grande livro sobre a mãe, no qual o pai é a figura secreta, essa clivagem através da qual se podem perceber as qualidades dos pais que a atravessam a deixa feliz.

Na sexta-feira, 20 de setembro de 2019, pela manhã, meu corpo experimentou esse conhecimento que passa pela pele, pela temperatura, pelos traços faciais regressados ao essencial no momento da morte. Hoje acredito saber o que queria lhe dizer ao sussurrar-lhe ao ouvido a última frase com minhas palavras de todos os dias, essas palavras simples que lançamos de passagem, de um cômodo a outro, na tarde compartilhada, e que garantiam à sua respiração leve que realmente tudo estava bem. Por escrito, nesse lugar da cabeça descansada, e também daquilo que ele jamais poderá ler, isso poderia ser mais ou menos como: pela música, pela beleza, e pela vida, seja grato.

Pompas fúnebres, caixão, urna, comunicados, cremação, o corpo é só o corpo, vai virar cinzas, falamos de coisas materiais, da cerimônia, nada de religião de qualquer tipo, claro, e sobretudo, sobretudo nada de padre, *Viagem de inverno*, de Schubert, e nada de flores.

Em casa, espero meu filho voltar da escola. O lanche está na mesa, olho seu rosto bom, a covinha no queixo herdada de meu pai, suas mãos grandes, seu ar meigo, Não, sério, a coisa toda com os médicos não deu certo, que azar, estou triste, sabe, meu pai morreu. Suas mãos nas minhas, Estou triste, não há nada que você possa fazer, não é sua culpa.

Lá fora, um melro, procurando minhocas, destrói a grama. Ao longe, o som de uma broca, música, risadas. Ele olha para o pássaro, a árvore e as crianças no quintal que acenam para ele, a mão ainda nas minhas, tirou a outra para comer seu lanche. Vira-se, põe os olhos brilhantes sobre mim, minha tristeza e a sua lhe pesam, seu corpo atarracado se agita. Ele diz: "Ele morreu, mas não é grave?", e é a coisa mais linda do mundo.

Naquela noite havia um encontro numa livraria parisiense. Era a primeira, para o lançamento do livro sobre Giono. Decidi não cancelar. Não tinha nada melhor para fazer.

Depois, sonhei com ele. Estamos no metrô, território encantado da minha infância. Lembro-me de que na época ainda havia bancos de madeira. As pessoas fumavam nos vagões, o que lhe incomodava a garganta. Ele gritava com eles de forma teatral. Eu corava de vergonha misturada ao orgulho.

Agora ele caminha na frente, como de costume, está cada vez mais longe no corredor, descendo as escadas da linha 11. Estou exausta, querendo alcançá-lo, as pernas atrapalhadas e a respiração curta. "Mas caramba, menina, como você é mole, assim não dá. Acelere!" Ele para. Olha para mim. "Deixa para lá, não é importante. Tudo vai ficar bem. Você vai ver. Tudo vai ficar bem." No momento em que ele entra no vagão, pouco antes de a porta se fechar, digo que estou pouco me lixando para tudo isso, pouco me lixando em saber que tudo vai ficar bem. Quero ficar com você.

Algumas noites depois, ele aparece para mim novamente. Estamos na rede, com livros. O tempo está bom. Seu rosto jovem está sob a luz amarela. Pergunto se ele está morto. Piscadela, dedo nas costelas, ele me agarra, me levanta, me balança. E sua voz: "Não. Isso foi cancelado".

Este livro foi composto com tipografia Adobe Garamond Pro e impresso em papel Off-White 80 g/m² na Formato Artes Gráficas.